「おれの好みのタイプは遥さんだけです」

遥は何も反応しなかったが、微かに緩めた口元に、まんざらでもなく思っていることが表れていた。

（本文より）

BBN
B•BOY NOVELS

情熱の連理

遠野春日

イラスト／円陣闇丸

この物語はフィクションであり、実際の人物・団体・事件等とは、一切関係ありません。

CONTENTS

情熱の連理

1

「ごちそうさまでした。行ってきます」

朝食をきれいに平らげた冬彦《ふゆひこ》が、台所まで皿とカップを下げてくる。

コーヒー豆を手動ミルでガリガリ挽《ひ》いていた佳人《よしと》は「もう？」と壁の時計を見上げた。

二学期が始まって十日。普段より三十分早く家を出る冬彦に、佳人はちょっと狼狽《うろた》える。食後にお茶やコーヒーを一緒に飲む時間があるかと思っていたのだ。

「補習授業が放課後から始業前に移ったんです。体育祭の練習や準備が始まるので、放課後はそっちに時間取られちゃって」

「あっ、そっか！　十月の第一土曜だったよね、体育祭。個人出場種目決まったの？　おれが中学生だったときは、全体参加種目以外に各自何か一つ選択しないといけなかったけど、今もそんな感じ？」

ひょっとしたら、それは高校のときの話だっただろうかと、己の記憶に今ひとつ自信がないまま聞く。なにしろ佳人が中学生だったのは十六、七年前だ。

「学年単位競技と全体競技が多いです。選抜メンバー競技も何種目かありますけど、全員どれかに出ないといけないとかはなくて、自薦他薦で誰が出るか決まりました。クラス対抗リレーだけまだ出場選手が決まってません。体育の授業中にタイムを測って、上位二人が出るみたいです」

「リレーは盛り上がるから本格的だね。冬彦くんは選抜競技のどれかに出るの？」

「僕は運動部対抗リレーに出ます。剣道部は竹刀《しない》を持って走るんですよ」

「あ、そういうユニークな競技もあるんだ。楽しそうだね」

「そんなわけで、帰りも遅くなります。七時過ぎるかも」

「わかった。高校受験準備と体育祭の練習ダブルで大変そうだけど、無理せずがんばって。晩ごはん、栄養価の高いメニュー用意しておくね」

「はい。ありがとうございます！」

潑剌《はつらつ》とした声で返事をして、冬彦は通学バッグを肩に掛け、玄関に向かう。

夏服の白い半袖シャツを着た凜々《りり》しい背中を「行ってらっしゃい。気をつけて」と見送る。

冬彦が遥《はるか》の養子になって黒澤《くろさわ》家に来たのは半年前だ。

当初は佳人のほうが高かった身長を、育ち盛りの冬彦はあっという間に追い越した。ほっそりしていた体つきも、どんどん逞《たくま》しさを増していき、今にも遥と並びそうだ。

「俺もいずれ抜かれる気がする」

いつだったか、佳人と二人のときに遥がボソッと洩らしたことがあった。

出会ったときには自分より小さく、庇護の対象だった相手に、短期間で立場が逆転しそうな成育ぶりを見せられると、遥も少なからず複雑な気持ちになるようだ。遥も佳人も長い間大人としか付き合ってこなかったので、子供の日進月歩の成長ぶりは予想以上で驚く。自分も昔はこうだったのかと、すっかり忘れてしまっていたことに気づかされる。

「体育祭かぁ」

それも久々に聞く言葉で、淹《い》れたばかりのコーヒーを飲みながら、昔を思い出す。

佳人はどちらかといえば運動は苦手で、体育の授業は好きではなかった。とは言え、悪目立ちしない程度の成績は修めていたから、周囲には鈍《にぶ》いとまでは思われずにすんでいた気がする。

体育祭では玉転がしや棒倒しなどの集団競技に交ざるようにして、個人競技はできるだけ避けた。それでもやむなく徒競走に出ないといけなかったときは、待機中に緊張しすぎて気分が悪くなったこともある。

昔から意地っ張りで、当時は今よりずっと見栄っ張りでもあったので、涼しい顔をして年に一度の体育祭を楽しんでいる振りをしていたのが、我ながら痛々しい。なんとなく、周囲の期待に応《こた》えて王子様っぽく振る舞わないと自分の存在意義がなくなるようで、そう見えるように装っていた。素の自分を曝け出す勇気がなくて、精一杯の処世術だったのだ。

高校二年のとき、父親が事業に失敗し、佳人も体以外全部なくしたわけだが、そこでようやく己の本質と向き合い、徐々に今の自分が作り上げられていったのだと思う。

中学の体育祭、遥はどんな思い出があるのだろう。

小学生だったとき、三歳年下の弟と共に両親に置き去りにされ、親戚の家を盥《たらい》回しにされて育ったと言う遥は、昔は人間不信の塊《かたまり》だったらしい。無口で陰気で、目つきが悪く、上級生からたびたび絡まれたものの、相手のほうが遥の纏《まと》う迫力に呑まれ、黙って睨《にら》みつけているだけで追い払えていたそうだ。想像に難《かた》くない。

遥は体を動かすのが嫌いではないようで、毎朝一時間ほどのジョギングを欠かさない。旅行や出張先でもその習慣は守るから、きっと今朝も仙台《せんだい》で走っただろう。遥は昨日の朝から出張に出掛けている。一泊二日と聞いているので、予定通りに仕事が捗《はかど》っていれば、今日の夕方には東京に戻ってくるはずだ。

昨晩は冬彦と二人だったので、夕飯のメニューは冬彦の好物中心に考えればよかった。今夜は、いつも晩酌を嗜《たしな》む遥がつまみに食べたがりそうなものと、体育祭の練習でお腹を空かして帰ってくるであろう冬彦向けの両方を用意しておかねば、と朝のうちから張り切ってしまう。

べつに食事の支度は佳人だけの担当ではないが、自宅が仕事場の個人事業主なので、外出しない日は佳人が引き受けることが多い。嫌ならやらなくても遥は文句など言わず、自分でさっさとやる。佳人よりよほど手際よく家事全般こなす。佳人はただやりたいからやっているだけだ。遥と冬彦、二人のためにできることがあればしたい。一般的な形とは違うが、三人は一つ屋根の下で生活を共にする家族だから、助け合ったり協力し合ったりするのは当たり前だと思っている。

台所でスツールに座ってコーヒーを飲み終えると、さてと、と腕を上げて伸びをした。

佳人も業務開始だ。今日やることを頭に浮かべ、おおまかなタイムスケジュールを立てる。仕事自体は忙しくはないが、隙間に家事をやるので暇という感じでもない。

ドラム式洗濯機に洗い物を放り込み、スイッチを入れて、庭に出た。

すっきりと晴れた水色の空に、刷毛《はけ》でさっと塗ったような薄い雲が浮かんでいる。寒くもなく暑くもない、気持ちのいい朝だ。

そういえばまだ新聞を取ってきていなかった。

郵便受けに手を入れて新聞に触った途端《とたん》、違和感を覚える。

配達時に雨が降っていたわけでもないのに、八つ折りになった新聞紙は中程まで湿っていた。郵便受けに水を差して、中のものをわざと濡らした感じで、明らかに誰かの悪戯《いたずら》と思われた。

「またか……」

しょうがないな、と溜息を洩らす。

このところ、こんな感じの悪戯とも嫌がらせともつかない出来事が何度か起きている。近所の子供が面白がってやっているのか、黒澤家のような家族の在《あ》り方を嫌悪する人間が悪意を見せつけようとしているのか。いずれにせよ、警察に通報するまでのことではない気がして、今のところ佳人一人の胸に収めている。

これ以上エスカレートするようなら遥に話して、防犯カメラの設置を検討するとかしたほうがいいかもしれない。とりあえず、もう少し様子を見てからにしようと考えていた。

乾かさないと読めない新聞を手に屋内に戻る。

どのみち昨今は主にインターネットでニュースもチェックするので、新聞を読むのはもっぱら遥だ。たまたま不在の時でよかった。

二階の仕事部屋に上がり、パソコンを起ち上げる。

いつも通りにまずメールをチェックした。

昨日の午後ショッピングサイトを更新して、作家ものの新作を数点UPし、入荷案内をメールマガジン登録者に送っておいたので、さっそく申し込みが何件も来ている。今回の新作の皿と器は使い勝手のいいサイズが揃っており、相変わらずセンスもよくて佳人自身一目で気に入った品ばかりだ。値段は高めだが、これから年末年始に向けて需要が高まるため、思い切って納品数を増やして依頼した。出足は好調でホッとする。

佳人が自らのショップで扱う品々を製作しているのは、揃いも揃ってクセの強い、一筋縄ではいかない陶芸家たちだ。彼らとの出会いが、佳人に独立を決意させた。

背中を押してくれたのは遥で、当座の資金も実質無利子で貸してもらった。あのままずっと遥の秘書をするのも悪くはないと思っていたが、やるなら死に物狂いでやれ、どっちつかずはやめろと言われ、踏ん切りがついた。おかげで、遥とより対等な関係を築け、新しい段階に二人して上がれたように感じている。

そこに、さらに冬彦と縁ができ、男ばかり三人の家族になったことは、なんとも感慨深いものがある。なるべくしてなったような、すべてのことが必然だった気さえするのだ。

ショッピングサイトを開いて売り上げの詳細を確認していると、携帯電話にメッセージが届いた。

『おはようございます。今月一度ごはん食べに行きましょうと話していた件、佳人さんのご都合はいかがですか。そろそろ日にちのご相談をできれば幸いです』

貴史《たかふみ》からだ。相変わらず文章になると堅くて、これも弁護士という仕事柄なのか、はたまた真面目で礼儀正しい性格の表れなのか、いずれにせよ貴史らしくて笑みが零《こぼ》れる。

『おはようございます！　ちょっと電話してもいいですか』

文字を入力するより喋《しゃべ》るほうが早いし、意思の疎通もしやすい。貴史からも『いいですよ』とすぐ返事がある。電話をかけるとワンコールで繋がった。

「予定合わせましょう、ってところで話が止まってましたね。すみません、貴史さん。おれが言い出したのに」

『僕も楽しみにしているので、スケジュールが詰まる前に決めておきたいなと思って。朝っぱらから、こっちこそすみません』

「いえいえ。貴史さんはいつがいいですか。おれは、なんなら明日でもいいですよ」

『明日ですか。夜ですよね』

ページを捲《めく》る音がする。

『僕も大丈夫です。午後一件打ち合わせが入っていますが、三時には戻ってこられそうなので』

貴史の予定を聞いて、ふと、この際なのでここ最近起きている出来事に関して貴史に相談してみようかと思い立った。

「おれ、ちょっと貴史さんの意見を聞きたいことがあるんですが、もしよかったら食事の前に事務所で相談に乗ってもらえませんか」

『何かあったんですか？』

「たいしたことじゃないんですけど、こんな場合どうすべきか、お知恵拝借できればと思って。弁護士さんが必要ってほど深刻な話でもないので、ほんと、時間があればでいいです」

『他ならぬ佳人さんの頼みですから、時間は作りますよ。もちろん、たいしたことでなくても全然かまいません。そんな話聞いたら気になりますしね』

「本当ですか。よかった。ありがとうございます」

『三時頃事務所に来てください。佳人さんの話を聞いて、その後、ごはん食べに行きましょう。事務所の場所、わかりますか』

「阿佐ヶ谷《あさがや》駅の近くですよね。前いただいた名刺を見れば地図アプリで検索して行けると思います。万一迷ったら事務所に電話します。千羽《ちば》さんに聞きますよ」

貴史の事務所でパラリーガルをしている男の顔を頭に浮かべ、きっとまたムッとされそうだけど、とひっそり苦笑する。

その後、食事に行く店をどこにするか決め、予約は佳人が引き受けた。

「それじゃあ明日よろしくお願いします。楽しみにしています」

渡りに船ではないが、この数日のうちに起きた質《たち》の悪い嫌がらせについても相談に乗ってもらえることになり、だいぶ気が楽になった。

貴史と選んだイタリアンにインターネットで予約を入れ、遥にも、明晩貴史と食事に行くことになったとメッセージを送っておく。

遥は佳人を束縛したり、行動に文句を言ったりすることはない。ただ、今は未成年の子供がいるので、少なくともどちらか一方は早めに帰宅し、冬彦をなるべく一人にしないよう心掛けている。遥もワーカホリック気味だった昔と違い、家庭の都合に合わせた働き方をするようになった。佳人が出掛けるときは食事の支度から何から引き受けてくれる。それでも、どうしても二人とも不在にならざるを得ない場合は、あらかじめ冬彦に断りを入れている。冬彦自身は、子供の頃から一人で過ごすことに慣れているから大丈夫です、ごはんも自分で作れます、と言うのだが、遥も佳人も、冬彦と家族になった以上、自分たちの義務と責任を重く捉えていた。

通販の発送処理やショップサイトの更新、店のアカウントで発信しているＳＮＳへの投稿など、やることは山積みだ。

気づけば正午をとっくに過ぎており、二時過ぎに遅い昼飯をとった。朝の残り飯をおにぎりにしておいたものと、市販のカップ入り春雨スープの組み合わせは、手軽にお腹が膨れて体も温まるから重宝《ちょうほう》している。一人のときはだいたいこんな感じだ。手の込んだ料理を作ろうと思えるのは、食べてくれる人がいるからで、佳人自身はあまり食に拘《こだわ》りはない。冷蔵庫を覗いたときにも、今夜は何にしようかなと、昼を通り越してそっちに考えが行った。

食後、乾燥がすんだ洗濯物を畳んで、仕舞う先ごとに分けていると、予想外に早く遥が帰宅した。てっきり五時か六時くらいになるかと思っていたので、不意を突かれた心地だった。

「お帰りなさい！　早かったですね」

早く顔を見られて嬉しい反面、何か不測の事態が起きたのかと、悪いほうに想像を働かせもする。過去に何度か事件に巻き込まれたことがあり、つい身構えてしまう。たいていは取り越し苦労で、今回も、出張先での仕事が順調に運び、新幹線を早めただけだとわかって安堵する。

「元々直帰するつもりだったから、社には寄らず、駅に迎えにきてくれた中村《なかむら》に、うちまで送ってもらった」

中村というのは、社用車の運転手だ。遥とは長い付き合いだそうで、佳人も黒澤運送に勤めていた頃、秘書としてよくお世話になった。今も毎朝遥を迎えにきてくれており、見送りに出たときは佳人も挨拶《あいさつ》を交わしている。

「お疲れ様でした。コーヒー飲みます？」

「仕事はいいのか」

「今日のうちにやらないといけないことは、あらかた片付けたので大丈夫です」

「着替えてくる」

遥は口数少なく、ぶっきらぼうな喋り方をする。仕事では経営者として弁が立つし、社交的な付き合いもこなすのに、プライベートでは打って変わって無愛想かつ不器用だ。佳人に対しても例外ではなく、たまに焦《じ》れったくなるほどそっけない。昔はそんな遥が理解できずに、傷ついたり落ち込んだり悔しさを噛み締めたりしたが、今では黙っていても何を考えているのか概《おおむ》ね察せられるまでになった。一心同体と言うと大仰《おおぎょう》すぎて恥ずかしいが、感覚的にはそれに近い。

台所で今日二杯目のコーヒーを淹れる。

遥がいるのといないのとでは気の持ち様が変わる。張り合いが増し、心身に活気が漲《みなぎ》り、一刻一刻丁寧に大切に生きようという思いが、いつも以上に強まる。特に二人きりだと、冬彦の前では見せられない甘えや独占欲も自然と出せて、素のままの自分になれている感があった。

ペーパーフィルターでコーヒーをドリップしていたところに、スーツを脱いでコットンシャツとスラックスに着替えた遥が姿を見せる。

「平日の三時とか四時に遥さんがうちにいるの珍しいですね」

今さらだが、ちょっとドキドキしてきた。遥に対する気持ちは佳人自身驚くほど褪《あ》せず、慣れきって飽きるなど考えられず、常に塗り替えられているようだ。毎日目を覚まして顔を合わせるたびに新たに恋に落ちている感じで、何年経《た》ってもときめきが失せない。

「冬彦はいつも何時に帰ってくるんだ?」

「いつもは部活で六時半くらいになってたんですけど、今日から体育祭の準備が放課後あるみたいで、今夜は七時過ぎるかもと言ってました」

「そろそろ部活は引退の時期かと思っていたが、そうか、十月に体育祭があるんだったな」

「ええ。おれも今朝冬彦くんから聞いて、自分が中学生だったときも、本番の二、三週間前から体育の授業中だけじゃなく、朝や放課後にも練習していたのを思い出しましたよ。ダンスとか組体操とか応援合戦とか、皆でやってましたね」

「最近は騎馬戦みたいな怪我しやすい競技はあまりやらないようだな」

「あ、でも、冬彦くんのところは、やるみたいですよ。去年の体育祭の記録動画が学校の専用掲示板に上がっているのを観ました。毎年恒例で盛り上がる、とキャプションが入っていたので、今年も種目にあるんじゃないですかね」

「そうか」

「十月の第一土曜日ですよ。遥さん、休めそうですか」

「ああ。保護者が体育祭を観戦するのはせいぜい中学までだろう。最初で最後の機会になるかもしれないからな」

佳人も遥と全く同じことを思っていた。

「ですよね。よかった。おれも何がなんでも応援しに行きます」

台所で立ったまま話しながら、湯気の立つコーヒーを飲む。

マグカップの持ち手に掛かる遥の長い指が目に入り、わけもなく体の芯が熱くなる。

遥の全部が好きだ。短く切り揃えられた爪も、節のはっきりした指も、カップに触れる唇も。コーヒーを飲むとき、目を伏せると睫毛《まつげ》が傾けたカップの縁に当たりそうになるのも、エロティックだと感じてゾクリとする。

「そういえば、明日、執行《しぎょう》と会うと言っていたな」

「あ、はい。急に決めてすみません。遥さん、明日の夜は何も予定なかったですよね」

いきなり話題を変えられ、慌てて気を取り直す。遥の目元に見惚れてぼうっとしていた。ふらちな気分になりかけたのを見透かされたかもしれず、バツが悪かった。

「ああ。冬彦と二人分の晩飯の支度は俺がする。このところ、ずっとおまえにばかりさせていたからな。明日はゆっくりしてこい」

「ありがとうございます」

ついでに、ここ最近の不穏な出来事について貴史に相談するつもりだと、話そうかとも思ったが、せっかく遥と和《なご》やかな雰囲気でコーヒータイムを楽しんでいるのに、妙なことを言ってぶち壊しにするのは惜しく、思い止まった。遥によけいな心配をかけたくないのが一番の理由だ。

「遥さん、明日の夜の献立何か考えてます？」

「運動して腹を空かせて帰ってくるなら、がっつりトンカツとかか」

「じゃあ、今日はカレーにしようかな」

中学生の子供がいると、食生活もそちら寄りになる。まず冬彦は何が好きだろうと考え、ハンバーグやグラタン、コロッケといった、二人で暮らしていた頃はあまり作らなかったメニューが頻繁に食卓に載るようになった。

以前はよく月見台で晩酌しながら何種類か用意した副菜をつまみにし、主食はほどほどということが多かったが、今は米の減りが速い。遥も冬彦の手前、酒は控えめにして、毎食茶碗一杯は必ず食べるようになったので、最近ジムで体を絞っているようだ。口には出さないが、下腹に肉が付くのを気にしている節がある。ゴルフに行ったときなどに、東原《ひがしはら》に指摘されて揶揄《からか》われるのを避けたいのだろう。

「自分も中学生くらいのときはファストフードが好きでしたね。小腹が空くから帰りに友達とハンバーガーとかをテイクアウトして公園で食べたりして、他愛もない話を日が暮れるまでしてましたよ。うちに帰ったら、ちゃんとした食事ができてるんだけど、それよりジャンクな食べ物のほうがおいしく感じられて」

あの頃はぬるま湯にどっぷりと浸かっていて、世間の厳しさも人間の怖さも知らず、この延長線上に大人になった自分がいるとしか想像していなかった。

大きな家に、優しい両親と家政婦さんがいて、立派な子供部屋がある生活。周囲がどんなに変わっていこうとも、それらは絶対になくならないとなぜか思い込んでおり、それが脆《もろ》く崩れたときの衝撃は凄まじかった。本当に、何も知らない馬鹿な子供だったと思う。

「俺にとっては、ああいうのも贅沢品だった。中学の頃は給食で食い繋いでいたようなものだ。親戚の家じゃ遠慮してお代わりなんかしなかったし、弟のほうに回してやってたからな。高校に入って初めて食ったときは、やっと他の連中との差が縮んだ気がして、味がどうかよりそっちが感慨深かったのを覚えている」

遥も以前と比べると、昔の話を自分からしてくれるようになった。発言の中身は重めだが、口調は淡々としていて、すでに自分の中で整理がついている感じだ。聞いていてそこまでつらくない。たぶん、まだ未消化のことに関しては、胸の奥に閉じ込めて、気安く明かさないのだろう。佳人も似たり寄ったりのところがあるので、察せられる。

「おれ、冬彦くんと初めてちゃんと向き合って話をしたのが、そのハンバーガーチェーン店でだったんですよ。あれが十ヶ月前かと思うと、やっぱり月日が経つの速いなぁ」

「今度、どこか出先で見かけたら三人で入ってみるか」

「いいですね。やりたいことリストに書いておきます」

「やりたいことリスト？」

そんなものを作っているのか、と遥が呆《あき》れたような目をする。呆れながらも、おまえらしいな、と思っているのが口元に浮かべた苦笑から伝わってきて、佳人もにっこり微笑み返した。

「今年の正月に銀座《ぎんざ》の文房具店に行ったとき、ハードカバーの立派なノートを買ったんです。アイデア帳にいいなと思って。それに、三人でこれからやってみたいことを書いていってるんですよ。思いついたらメモする感じで、増やしてます」

「ほう。今度見せてみろ」

悪くない、と遥が思っているのが、柔らかみを帯びた顔に出ている。

それは嬉しいが、願望露《あらわ》な書き込みだらけのノートを見られるのは恥ずかしく、「ええっ、本気ですか」とこの場はやり過ごす。遥も無理にとは言わなかった。そのうち、たとえば酔いに任せるなどして、どさくさに紛れて見せるのはアリかもしれない。

「でも、中学の頃を振り返ると、一年は今よりずっと長く感じていましたね」

三十を過ぎてからは、毎日が飛ぶように消え去っていく気がするが、学校に通っていたときは一年というと何が起こるかわからないほど長い時間に感じていた。一日どころか一時間の授業さえなかなか終わらず、今からは信じられないくらい毎日が濃密だった。

「おれが学生だった頃も仲間はずれやイジメは少なからずあって、中学のクラスメートが一人不登校になったんですけど、今ならその子に、一年なんてあっという間に過ぎるし、その後の人生のほうが何倍も長いはずだから、今の人間関係が世界の全てだと絶望する必要はないよ、って言いたいですね。でも、そう思えるようになったのはおれの場合本当にここ最近なので、苦しい思いをしている当事者は、そんなふうには考えられないんだろうな、っていうのもわかります」

「イジメか。あったな」

遥が不愉快そうに眉を顰《ひそ》める。

「ひょっとして、遥さんも受けました？」

気になって、遠慮がちに聞いてみる。

「いや。もしかしたら、苛《いじ》めていたつもりの連中はいたのかもしれないが、俺はまったく気にしてなくて、わからなかった。家庭の事情が複雑で、それを皆知っていたから、陰口はうんざりするほど言われていたようだが」

始終仏頂面で、気安く話しかけづらい雰囲気を醸《かも》し出していたであろう遥少年を勝手に脳裏に浮かべ、確かにイジメなどあったとしても歯牙《しが》にもかけなそうだ、と思う。端整な美貌に鋭い眼《ま》差《な》し、たまに口を開けば氷のように冷ややかで、とりつく島もなくそっけない、そんなイメージがまざまざと浮かぶ。遥を苛める勇気のある同年輩の子供というのは、そうそういなそうだ。

「あいつは大丈夫なのか」

いささか唐突に遥が聞いてくる。

「冬彦くんですか」

誰のことを言っているかはすぐわかったが、佳人は戸惑いながら、正直に返す。

「考えたこともなかったです」

四月に、新学年の初日から現在通っている中学校に転入して以来、冬彦の様子に変わったところは見受けられない。学校がある日は毎朝明るい表情で家を出て、楽しく一日過ごせたように帰宅する。制服が不自然に汚れていたり綻びていたりすることはないし、怪我を負っていたこともない。イジメを想起させる兆候《ちょうこう》は一切見受けられず、遥に言った通り、考えたこともなかった。

「冬彦くん、前の学校でもクラスに溶け込んでいて、牟田口《むたぐち》くんみたいな親友もいたから、新しい学校でもうまくやっていると思ってました。たまに学校であった出来事を話してくれるけど、休み時間に喋ったり遊んだりする友達は何人かいるみたいですよ」

「ああ、俺も本気で心配しているわけじゃない。どうなのかと思って聞いてみただけだ」

遥もべつに何か心当たりがあって言ったのではないと知って、佳人はホッとした。

「もしや、おれに見えていないことで遥さんが気づいたことがあるのかと焦りました」

「あいつ自身にはイジメの対象になりそうなところはないと思うが、家庭の事情をつつかれてネタにされてやしないかと、ふと気になった。男二人が保護者というのは世間的にはまだまだ珍しいケースだろうからな」

「確かに。あと、冬彦くんのことだから、万一イジメみたいな目に遭っているとしても、おれたちの前ではそれを匂わせずに、一人で立ち向かおうとするんじゃないかと、今思いました。冬彦くん、我慢強くて弱音吐かなそうじゃないですか。今度、雑談のついでに探りを入れてみます」

「おまえのほうが、あいつも話しやすいだろう。何か問題があるようなら、一緒に対処する」

「はい。引っかかるところがあったら知らせますね」

なんでも話して、と常々言ってはいるが、まだ家族になって一年足らずで、知らないこともきっとあるだろう。冬彦は悩みがあってもあまり口に出さず、明るい話題だけ選んで佳人たちに心配をかけまいとするきらいがあるので、注意深く見守っておくに越したことはなさそうだ。どこまで立ち入るかの線引きは必要だが、何か起きてから、冬彦が言わないので知らなかったと言い訳するようなまねはしたくない。

「どっちにしろ、おれはもっと冬彦くんのことを知りたいので、これまで以上に接する機会を増やします。冬彦くんにうざがられない程度に」

あまり構いすぎても鬱陶《うっとう》しがられるかなと思って言い添えると、遥はフッと口元を緩めた。

「それこそ杞憂《きゆう》だ。あいつは、おまえにいくら構われようが、嬉しいとしか感じないだろう。俺が妬《や》くんじゃないかと気にして、遠慮がちになってるだけじゃないのか」

「ええ？」

佳人は遥が冗談を言っているのだと思い、「まさか」と受け流した。

「だって遥さん、おれと冬彦くんがいくら仲良くしたってやきもちなんか焼かないでしょ？」

「それはおまえ次第だ」

意味深な返事の仕方をして、遥は試しでもしているかのような目つきで見据えてくる。

もしかすると一割くらいは本気だったのかと思わせる眼差しで、佳人はドキッとした。

遥に見つめられると鼓動が速まり、体が熱くなってくる。

「冬彦の帰宅、七時過ぎになると言ったな」

気のせいか、遥の声まで艶っぽく聞こえだす。

「はい。でも……」

先の展開を甘やかに予感して、躊躇う言葉は形ばかりになる。

「カレー、圧力鍋を使えばあっという間だ」

「まぁ、そうですけど」

それでもなお、気恥ずかしさからどっちつかずの受け答えをする佳人を、遥は「来い」と促し、先に立って寝室へ向かう。

遥の背中に引き寄せられるように、後を追う。

以前は二階にあった主寝室を、冬彦を迎え入れる際、一階の端の部屋に移した。階段を上り下りする手間が省けたからか、夜を待たずにこうした雰囲気になったときも、ベッドに行くのが当たり前になった。所構わず押し倒されるのも好きだが、行為の最中に冬彦が帰ってきて見られでもしたら取り繕いようがない。

部屋の扉を閉め、明かりはつけずに薄暗くしたまま、遥はベッドサイドに立ってシャツのボタンを外していく。

「一時間だけ付き合え」

低めた声でぶっきらぼうに言われ、官能を刺激されてゾクゾクする。

プルオーバーを脱ぎ、ジーンズのファスナーを下ろす。金具の立てる微《かす》かな音が、静かな室内に生々しく聞こえ、いっそう欲情が高まった。

「いつから、こういう気分だったんですか」

裸になってベッドの上で重なり合いながら、冷静そのものといった感じの遥の固い表情を見上げ、揶揄《やゆ》する。

「おれたち、全然色っぽい話してなかったですよね？」

「さぁな」

返ってきた言葉はそっけなく、それ以上答える気はないと言わんばかりに冷ややかだったが、のし掛かってきた体は熱を帯びていて昂揚《こうよう》を感じる。

ずしりとした重みを受け止め、肌と肌とをぴったりくっつけ合うと、安堵と幸福感に包まれて満ち足りた溜息が洩れた。

二人分の鼓動が胸板に伝わる。少しずれてトクトクと打つリズムが一つになって、自他の区別が薄れていく。

唇を重ね、舌で口腔《こうこう》をまさぐり、搦《から》め捕《と》って吸い上げる。

淫靡《いんび》な水音をさせて濃厚なキスを交わしつつ、手や指を相手の感じやすい場所に這わせ、撫でたり摘《つま》んだり、くすぐったりして高め合う。

最初は乾いていた肌が徐々に汗ばんできて、体温が上がるとともにフェロモンが強まってきたのを感じる。

刺激に敏感に反応する肌に濡れた唇を滑らされ、胸の突起を甘噛みされ、音を立てて吸われる

と、抑えきれずに艶めいた声が出た。

「遥さん……っ」

口に含んで、舌先で弾くように責められ、さらに充血して硬く凝《しこ》った粒をきつく吸い立てられる。もう片方は同時に指で嬲《なぶ》られ、たまらず身を捩《よじ》って喘いだ。

感じやすい乳首をこんなふうにされると、腰を浮かすほど反応して痴態を晒してしまう。

緩く開いた太腿の内側に手を入れて撫で上げられ、際どいところに指を使われる。

佳人も、遥の均整の取れた美しい体に手や口で思いつく限りの愛撫を施していたのだが、上になった遥には敵《かな》わず、翻弄されて喘がされるうちに、悦楽を享受《きょうじゅ》するので手一杯になる。遥もそれを望んでいることが、巧みに動く指から伝わってきた。

足の付け根の器官を握り込まれ、揉みしだかれる。

芯を作りかけていた肉茎はたちまち嵩《かさ》を増し、張り詰める。遥の手に包まれるだけで、気持ちが上がり、嬉しさと恥ずかしさで昂《たかぶ》るのに、硬くなったところを扱《しご》き立てられると、爆発しそうな快感に襲われて理性を保てない。

はしたなく腰を揺すり、あられもない嬌声《きょうせい》を上げ、シーツを乱してのたうった。

「あっ、もう……っ、あ、あっ」

顎を上げて仰け反り、ビクビクと身を震わせて極めようとすると、愛撫の手を緩めてはぐらかされる。「まだだ」と低い声で言われ、その声の色気の凄まじさに脳髄が痺れるようだった。

「ずるいです……！　焦らさないでください」

「俺にもおまえを味わわせろ」

遥が耳元で喋ると、性感を刺激され、下腹部に淫らな痺れが走る。ビリビリと電気を流されたように体の奥が疼《うず》き、唇を噛んでも艶《なまめ》かしい喘ぎが溢れてしまう。

息を弾ませて悦楽をやり過ごすうちに、両脚を抱え上げて開かされ、後ろの窄《すぼ》まりに濡らした指を挿《さ》し入れられた。

「あっ、う……っ」

狭い筒の粘膜を擦って、長い指が埋められる。

慣れているので痛みはなく、中で動かされるたびに猥《みだ》りがわしい快感が沸き起こり、遥の指を食い締めた。ヒクヒクと後孔を収縮させ、離すまいとする己の貪婪《どんらん》さが恥ずかしい。できるだけ慎み深く振る舞いたいが、体は欲深く、もっと太くて長いもので奥まで貫かれたいと求める。いったん抜かれるときは、未練がましく襞《ひだ》を引き絞っていた。

ベッドサイドチェストの引き出しに常備しているローションを塗《まぶ》した指を、二本揃えてググッと捻り入れ直される。

はああっ、と歓喜に喘ぐ声を発し、シーツに爪を立てる。

「もう少し待て」

遥もこれ以上勿体ぶる気はないらしく、人差し指と中指で内側を深いところまでしっかり濡らすと、柔らかく解れた窄まりに屹立した陰茎をあてがってきた。

この繋がる直前が、行為をしていていまだに一番緊張する。

好きな男の一部を己の中に迎え入れ、熱も匂いも脈も鼓動も二人で一緒に感じられるのだと思うと、幸せすぎてどうにかなりそうだ。

遥も佳人も別々の人間で、どれだけ愛していても遥は遥のものであり、佳人もまた佳人のものだが、このときばかりは、おれのものだ、と心底思える。思ってもいい気がする。そんな気持ちになれるほどの一体感がこの行為にはあって、だから、毎回これからするぞというときに緊張するのだと思う。気を引き締めて、全身で遥を受け止め、最高の時間を共有したい。

硬く張り詰めた先端が、襞を抉《えぐ》り、ズプリと佳人の中に突き入れられる。

熱く長大な雄蕊《ゆうずい》が筒を押し広げ、隙間もないほどみっしりと埋め尽くしながら、奥に進められてくる。

濡れた粘膜を擦り立てられ、声が出る。

遥も快感を得ているのが、上がった息の色っぽさからつぶさに伝わり、歓喜が増す。

「もっと、ください」

「ああ」

吐息に絡んだ遥の声に欲情を煽られ、両腕を回して遥に抱きつく。

遥がズンと腰を入れてくる。

「アアアッ」

一気に深いところまで穿《うが》たれて、衝撃の強さに思わず背中に爪を立てそうになる。咄嗟《とっさ》に、指の腹を食い込ませるだけにして堪《こら》えたが、適度に筋肉に覆われた遥の背に指の跡がついたかもしれない。

「全部入った」

「はい。わかります」

「動いていいか」

返事の代わりに佳人は遥の頭を抱き寄せ、唇を合わせた。

遥はキスに応えて佳人の口を軽く吸うと、シーツに両手を突いて、後孔を攻めだした。

抜き差しされるたびに眩暈《めまい》がするほどの法悦に包まれる。

この後、夕飯の用意をしなければいけないことは、一時的に頭から吹き飛んでいた。

遥に揺さぶられ、これ以外では味わえない悦楽に溺れ、恋人同士の時間に酔いしれる。

最後は遥と同時に迎え、極めた。

2

阿佐ヶ谷駅から徒歩二、三分の好立地に、『執行貴史法律事務所』はあった。

「ここか。本当に駅からすぐだ」

佳人は、ビルの袖に取り付けられた看板を見つけ、ここの四階で間違いないことを確かめると、さらにエントランスに掲示された入居企業案内板にも目をやって、エレベータに乗った。

それなりに築年数は経っているようだが、建物全体が上質で落ち着いた雰囲気を醸し出している。感じのいい、管理のしっかりしたビルという印象で、法律事務所との相性は悪くなさそうだ。

貴史がここに事務所を構えたのは三年前。ちょうどその頃、佳人は訳あって遥の許を離れなければならず、見かねた貴史が、落ち着き先が決まるまでの間うちに来てくださいと言ってくれ、しばらく貴史のマンションにお世話になっていた。それまで貴史は、自宅を事務所と兼用しており、ひょっとして佳人のために部屋を空けようと事務所を別に借りたのではないかと、申し訳ない気持ちだった。貴史は「違いますよ」と否定したが、今でも佳人は自分のことがまったく影響していなかったとは信じ難く、ずっと心に引っ掛かっている。そうした経緯があるので、三年前の記憶は鮮明だ。

だが、この事務所も、今年いっぱいで畳むと決めたと聞き、今はまた別の意味で感慨深さを噛み締めている。

そうか、あれからもう三年経つのかと、月日の流れの速さに驚きもすれば、たった三年の間にまたもやいろいろなことがあった、濃すぎる三年だったと思いもする。よくもまぁあれだけ多くの事件や事故に巻き込まれたものだ。いっそ感心する。

佳人のこれまでの人生で、平々凡々だったのは、高校二年の途中までだ。そこからはずっと、普通の人間はまず経験しそうにない目に遭い続けている。幸い、悪いことばかりではなく、佳人にとって最大の僥倖《ぎょうこう》は、遥と出会えたことだ。おそらく、遥とは、佳人がこのルートに乗らなければ縁のない人間だった気がする。そう考えると、何が不運で何が幸運かは、時を経ないとわからない場合もあるかもしれない。物事は表裏一体であり、どのような心持ちで受け止めるかによって、白にも黒にもなり得るものではないか。今はわりとそんなふうに思っている。

類は友を呼ぶと言うが、貴史もまた、尋常でない事態に遭遇しやすい人間だ。本業は弁護士だが、学生時代に探偵事務所でアルバイトをしていて特殊な経験を積んでいたり、普通ではない世界に身を置く厄介な男が恋人だったりする。

だからこそ佳人は貴史と理解し合え、出会ってからずっと親しい付き合いが続いているのだと思う。他の人には言えないことも貴史になら話せ、相談できる。遥とは別の意味で唯一無二の存在だ。貴史にとっての自分も、そんな存在であったなら嬉しい。

エレベータを降りて、ホールの先の廊下を少し進むと、ガラスの扉にカッティングシートで事務所名を入れた入り口があった。

ドアを引き、中に入る。

観葉植物の鉢と待合用のロビーチェアが置かれたスペースは簡素だが、掃除が行き届いていて明るく、訪れた人を温かく迎え入れる気さくさがあった。こぢんまりした、個人の悩み事を相談しやすそうな庶民派の弁護士事務所という感じで、気取りがなく誠実な貴史の人柄が出ていてほっこりする。

出入り口と向き合う位置に無人の受付カウンターがあり、後ろはパーテイションで仕切られている。仕切りの向こうが事務所だと思われるが、話し声などは聞こえてこず、シンとしていた。ひょっとして貴史はまだ出先から戻っていないのかもしれない。腕時計を見ると、ほぼ約束通りで三時少し過ぎだったが、その可能性はありそうだった。

とりあえず、カウンターに置いてある呼び鈴を鳴らす。

貴史はいなくても、千羽が留守番をしているはずだ。

十秒と待たされずに、パーテイションの奥からスーツ姿の千羽が出てきた。

「こんにちは。久保《くぼ》です」

「ええ。先生から伺っています」

相変わらずツンと取り澄ました態度で、全方位に喧嘩を売ってそうな刺々《とげとげ》しさを感じる物言いをする。初めて貴史に紹介されて顔を合わせたときは、また面倒くさそうな男を雇ったなと、正直ちょっと心配したが、慣れると妙な気を遣わなくていい分、楽ではあった。

性格がきつく、高慢でプライドの高い、非常に扱いにくい男だが、とにかく有能で多才なようで、千羽が事務所に来てから貴史の雑務は激減し、仕事の効率が驚くほど上がったらしい。

さすが東原が推しただけのことはある。

貴史の事務所で働く前は、アラブのとある国で富豪の秘書をしていたそうだ。そのとき築いた人脈には世界的セレブも少なからずいて、その気になれば他にいくらでも割りのいい仕事は見つかっただろうし、もっと言えば、退職するにあたって振り込まれたのは、一般人なら一生食べるに困らない金額だと聞く。

にもかかわらず、貴史の個人事務所を日本での勤め先に選んだのは、よほど貴史に興味を覚えたか、口や態度とは裏腹に貴史を気に入っているからだろう。

「こちらへどうぞ」

デスクやキャビネットが配されたフロアを横切り、天井近くまで高さのあるパーテイションで囲まれた応接室に通される。

「先ほど先生から連絡がありました。クライアントとの打ち合わせが長引いて、戻るのが三十分ほど遅れるとのことです」

千羽は冴え冴えとした知的な眼差しでソファに座った佳人を見下ろし、内心迷惑がっているのを隠す気もなさそうだ。すらっとした体を仕立てのいいスーツに包み、爪の先まで気を配った隙のない身嗜みに、溢《あふ》れんばかりの自尊心を感じる。本人も自覚しているに違いない美貌と相俟《あいま》って、気の弱い人間は気圧されるのではないだろうか。

だが、佳人はこれまた負けず嫌いで、誰が相手でも物怖じせずに言うことは言う性格だ。初対面のときから千羽とバチバチ火花を散らすやりとりをして、貴史に苦笑いされた。以来、千羽はなんとなく佳人が苦手なようだ。けれど、それを認めるのは屈辱なのか、あなたのことなど歯牙にもかけていませんよ、という態度を崩さない。ある意味、わかりやすくて可愛いとも言える。自分より三歳も年上の人に対して、可愛いは失礼かもしれないが、密かにそう思っている。

いったん応接室を出た千羽が、コーヒーを持って再び入ってきた。

ソーサーに乗せたカップを佳人の手元に置く。出し方ひとつとっても、ホテルマンのように優雅で洗練されている。本当になんでもできるんだなと舌を巻く。

「千羽さんって、四、五ヶ国語話せると聞きました。すごいですね。それに、めちゃめちゃたくさん資格をお持ちだとか」

実は千羽はただの事務員ではなく、司法書士資格を持つパラリーガルだ。他にも様々なジャンルの資格を数えきれないほど取得しているらしい。これには佳人もすごいと心の底から感嘆している。千羽は大変な努力家でもあるようだ。

「六ヶ国語です」

千羽は淡々とした口調で訂正する。自負心の強さがいっそ清々しい。実際すごいことなのだから、変に謙遜《けんそん》せず、これくらい堂々としているほうがこちらも話がしやすい。佳人もその点は似た考え方なので、偉そうだとか謙虚さがないなどといったマイナスの感情は抱かなかった。千羽が、日本を出てずっと海外で暮らしていたのも、わかる気がする。

「もしよかったら、少し話し相手になってもらえませんか」

さっきから電話も鳴らないし、通りすがりに見た限り、千羽のものと思われるデスクにはやりかけの仕事が山積みになってそうな様子はなかったので、思い切って聞いてみた。

一度千羽と二人で話してみたいと前から思っていた。貴史抜きで佳人が千羽と会ったり連絡を取ったりすることはまず考えられず、今がめったにない機会だった。

「……仕方ありませんね」

少なくとも一回は渋られるだろうと予想していたが、意外にも千羽は、形ばかりに眉根を寄せただけで、あっさり向かいの椅子に腰掛けた。自惚《うぬぼ》れかもしれないが、もしかすると千羽のほうも佳人に関心があるのかもしれない。

「すみません、無理を言って」

「私は仕事が早いので、短時間なら支障ありません。あなたが一人で退屈そうに応接室に座っているかと思うと、そのほうが落ち着かないですし」

口から出る言葉は嫌味っぽいが、悪意がないことはわかるので、慣れれば気にならなくなる。

佳人の周囲には個性的でアクの強い人間が多く、その中で千羽はまだ付き合いやすいほうだ。

「事務所、年内で畳むそうですね。ときどきニュースで名前を拝見する有名な弁護士さんのところに、千羽さんも一緒に移ると聞きました」

「ええ。白石弘毅《しらいしこうき》弁護士事務所は、いわゆる大手とかではありませんが、社会性の強い、世間の注目を集める大きな事件を請け負うことが多いので、勉強になりますし、あそこでしかできない経験をたくさん積めそうです。私も移るのにやぶさかでありません」

「千羽さんは、司法試験合格を目指すことは考えていないんですか」

今からでも千羽ならなれるのではないかと、佳人は本気で思っている。働きながら予備試験ルートで合格を目指すとすれば、今の環境はうってつけだろう。

「考えてないですね」

千羽はあっさり一蹴する。何の未練もなさそうで、佳人は出鼻を挫《くじ》かれた心地だった。

「前にも勧められたことがあって、そのときはちらりと挑戦してみてもいいかと思いましたが、ここでパラリーガルをしているうちに、やはり自分にはそこまで高難度の専門資格は不要だと考え直しました」

「そうなんですか。意外ですね。千羽さんはもっとこう、なんというか……上昇志向があるかと思ってました」

さすがに野心家と面と向かって言うのは失礼かと慮《おもんぱか》り、もう少しオブラートに包んだ語彙を選んだのだが、千羽は自分が辛辣《しんらつ》で無遠慮な発言をする分、相手からきついことを言われてもどこ吹く風と受け流せるようだ。

「たまに誤解されますが、私は仕事に関しては野心家ではないです」

自分からさらっと佳人が避けた言葉を口にする。

「完全に手に職を持って一つの世界に骨を埋めるより、好きなときに好きなことをして生きたいタイプなので、そのために資格を取れるだけ取って可能性の幅を広げているんです」

「なるほど」

言うのは簡単だが、千羽のすごいところは、それを実践し、現に自分の理想に沿った生き方をしているところだ。なかなかできることではないと思う。

「それでアラブにも行かれていたんですか」

やりたいことがあって、自由に世界中行きたいところに行く――そのフットワークの軽さには憧憬《どうけい》を抱く。けれど、佳人は今の暮らしに満足していて、なによりも遥の傍《そば》にいられることが最高の幸せなので、実際にそういうふうになりたいわけではなかった。

我ながら恋愛体質だなと自嘲していると、まさかの返事が千羽からあった。

「あれは、付き合っていた相手の国について行っただけです」

えっ、と佳人は虚《きょ》を衝かれ、まじまじと千羽を見た。佳人の知る千羽とイメージがかけ離れすぎていて、思考が一瞬停止する。その後、気を取り直し、これは千羽流のジョークで、真に受けたら、引っ掛かりましたねと馬鹿にされるのでは、と疑ってみたが、本人は面白くもなさそうにむすっとしたままで、こんな冗談を言いそうな雰囲気ではなかった。

「何か？」

千羽が気の強さを露にした不機嫌な目つきで睨んでくる。

「いえ、ちょっと、思っていたのと違って」

この際だったので正直に言う。

「おれは今まで何かを選ぶとき、勘とか情とか勢いとか、感覚でパパッと決めて、あとは流れに身を任せる生き方をしてきた自覚があるんですが、千羽さんは一から十まで緻密に練り上げたプラン通りに動く理性派かと思っていました」

千羽は煩《わずら》わしげな手つきで前髪を掻き上げると、わざとらしく溜息をついた。

「理想はそちらですけど、残念ながら。一度心を許すとのめり込むほうなので、もう恋愛は懲《こ》り懲《ご》りです」

知れば知るほど千羽に対する印象が変わっていく。話を聞きながらつい膝を前に進めていた。

「そうなんですか」

「しばらくは仕事に専念するつもりで帰国したので、より忙しそうな事務所にご一緒できるのは私的にも好都合です」

「いろいろ納得です。お話を聞いて腑に落ちました」

「ですが、どんなに冷たくあしらっても意に介さず連絡してくる奇特な人がいて、困ってるんですよね」

千羽は言うほど困っているふうではなく、少なくとも悪い気はしてなそうなのが、そこはかとなく伝わってくる。本音を聞きたいのはやまやまだったが、素直に言うとは思えず、この場は「面倒ですね」と調子を合わせた。

「千羽さんお綺麗だから」

「それはどうも。あなたに言われても微妙な気持ちにしかなりませんが」

「いや、そこはそのまま受け取ってくださいよ。おれはおべっかは言いません。言っても意味なさそうな人には」

「はぁ？　もしかして嫌味ですか」

「だって千羽さん、見抜いて怒るでしょ」

千羽が突っ掛かってくるので、佳人も率直に言い返す。千羽も佳人も相手を見ており、本当に越えてはいけないラインには踏み込まず、後腐れのない範囲で応酬する。誰とでもできることではないだけに、言い合いながら楽しんでいるところがあった。千羽も似たような感触を受けているようだ。

「千羽さん、佳人さん」

応接室のドアがノックされ、貴史に声を掛けられた。

ハッとして共に口を噤《つぐ》む。佳人が居住まいを正す間に、千羽は立ってドアを開けに行く。

「すみません、佳人さん。遅くなってしまって。時間を決めたのはこちらなのに、お待たせすることになって申し訳ないです。千羽さんも、佳人さんのお相手をしていただいて、ありがとうございます」

ダークスーツの襟に金色の弁護士バッジを付けた貴史が入ってきて、二人に謝る。

「私にはお気遣い無用です」

千羽はビジネスライクに言うと、佳人には一瞥もくれず応接室から出ていく。

代わりに貴史がさっきまで千羽が座っていた椅子に腰を下ろした。

「お仕事、大丈夫でした？」

出先で不測の事態でも起きたのかと気になっていたのだが、単に打ち合わせが捗らず、予定より時間がかかっただけのようだ。

「僕の読みが甘かったんです。この後は、約束通り佳人さんと夕飯までご一緒しますので、よろしくお願いします」

「ならよかったです。おれの話は本当にたいしたことじゃないので、貴史さんを煩わせるまでもなかったんじゃないかと、わざわざ時間を取っていただいたのを申し訳なく感じていたところでした」

「たいしたことないなら、そのほうが僕も安心します。まずは、相談内容を聞かせてください」

そこに再び千羽が来た。

今度は紅茶を淹れてきてくれており、佳人の手元にあった、冷めたコーヒーが半分残ったカップを下げ、芳香の漂う熱い紅茶を二人に出して、すぐまた出ていく。

「美味しい。千羽さん、お茶を淹れるのも上手ですね」

本題に入る前に一口飲んだ佳人は、感嘆して言った。

「コーヒーソムリエと紅茶マイスター、緑茶インストラクター、全部の資格を取得済みみたいですよ」

「そういうの、ドラマの設定だけの話かと思ってました。こんな身近に実際にいるなんて、びっくりですよ」

「千羽さん自身、ドラマの登場人物みたいな人じゃないですか？　僕はもう慣れましたけど」

「おれ、今日は千羽さんと話して、意外な一面を知りましたよ。二人で膝を突き合わせて喋ったの初めてだったけど、楽しかったです」

「ええ。お二人のやりとり、事務所からもちょっと聞こえました」

貴史はおかしそうに笑うと、「さて、では」と表情を引き締めた。

佳人も背筋を伸ばして気持ちを切り替える。

「実は、九月になってから奇妙なことが起きるようになったんです。今朝もあったんですが」

最初はデリバリーの誤配だった。注文していないのにLサイズのピザが二枚も届き、頼んでないと言ったのだが、確かに電話でここの住所と黒澤という名前で受けたと押し通され、面倒になって結局お金を払って受け取った。家には佳人しかおらず、時間的にとうに昼飯を食べた後で、全部冷凍して、遥と冬彦にも少しずつ食べてもらっている。今もまだ何切れか残っており、冷凍庫を開けてピザを見るたび、どうしてこんなことになったのか首を傾げるばかりだ。

「よく悪質な嫌がらせで、身に覚えのない大量注文された話は聞くけど、うちの場合、ピザ二枚というのが微妙でしょう。どこかでなんらかの手違いが起きた可能性も、絶対ないとは言えないレベルで。電話の声は男性だったのか女性だったのか、わからないそうなんです。どっちにも取れる中性的な声だったそうで。おれもそれに近いので、あんたのその声だった、と言われて埒《らち》が明きませんでしたよ。とりあえず遥さんたちには、詳しいことは話さずに、食べるのだけ手伝ってもらってます。特に害があるわけじゃなく、その後同じ目に遭いもしていないから、こうして話していても、本当になんだったのか判断がついてないんです」

「つまり、毎回違うことが起きるわけですね」

貴史はメモを取りながら、思考を巡らせている様子だった。

「そうなんですよ。ピザ誤配の二日後、今度は朝出した燃えるゴミ袋が収集前に切り裂かれていたんです。たまたま外用事がある日だったので表に出たら、近所の方々がゴミ置き場に集まってヒソヒソ話していたので、何かあったのかと確認しに行ったら、おれが出したゴミが散乱していて。恥ずかしかったですよ。カラスの仕業《しわざ》じゃないかと言う人もいましたが、おれにはなんとなく違う気がしました。だって、荒らされていたのは、うちのゴミ袋だけだったんです。カラスや野良猫の仕業なら、他の袋ももうちょっとどうにかなっているんじゃないかと思って」

「確かに。ゴミ袋の件とピザの件、すぐには結びつけて考えなかったんですか」

「はい。このときは」

三度目が昨日の、新聞の水濡れだ。

「どう思いますか」

あらためて一件一件見直してみても、いずれも悪戯で片付けられそうな小さな出来事で、たまたま不運が重なったのではないかと言われたら、そうかもしれないと思えることばかりだ。否定するまでの根拠はない。

「今までになかった出来事が、ここ一週間あまりのうちに立て続けに起きた。偶然にしては重なりすぎの気がしますね。あと、なんとなくですが、三件全部バラバラなんですけど、同じ人物がやったのではと感じる匂いというかパターンというか、そういうものがあるように思います」

「やっぱりですか。おれも、説明はできないけれど、貴史さんが仰《おっしゃ》ったのと似た感触を受けたんですよね」

受ける印象が貴史と一致するとなれば、いよいよその可能性が高くなったようで、不穏さが増す。いったい誰が。なんのために。疑問だらけだ。

「今月になって急に嫌がらせが始まったとなると、同性カップルが子供を引き取って三人で住んでいることを嫌悪して、とかいう理由だとは考えにくいかもしれないですね。冬彦くんが黒澤家に来たのは三月下旬だし、佳人さんと遥さんは四年半以上同居しているわけですし」

「ですよね。あの辺り、最近引っ越してきた人がいるとか聞かないし、建て替えられた家もないので、今突然行動を起こすのは不自然かも」

「それ以外で思い当たる節はありませんか？」

貴史に聞かれ、あらためて考えてみたが、やはりこれといって心当たりはなかった。

「逆恨みとかだと、こっちにはちょっとわからないかもです。おれも遥さんもいつどこで敵を作っているとも知れないので、そういうことがないとは言い切れません。特殊な職業の知り合いも少なくないし、遥さんは遣り手の冷徹な実業家で、中には、煮え湯を飲まされたと恨みを持っている取引先もあるようなので」

知り合って間もない頃にも、それで一度拉致監禁されて、大変な目に遭わされかけたことがあった。あんな事態は二度とごめんだ。遥の無事を祈るしかなく、救出するまで生きた心地もしなかった。あのときの焦燥《しょうそう》と苦しさ、己の無力さに唾棄《だき》したくなった思いは何年経っても忘れられない。

遥は、黒澤家は、おれが守る。冬彦と三人の生活を誰にも壊させない——佳人はギリッと奥歯を噛み締めていた。

「わかりました。じゃあ、僕が少し調べてみます」

佳人の表情を見ただけで、貴史は佳人の切迫した心情を察したらしく「任せてください」と頼もしく請け合ってくれた。

「佳人さんのことだから、僕が動かなければ、自分一人でなんとかしようとするでしょう？　いや、わかってます。佳人さんとは短くない付き合いですからね」

「はい。今の段階で犯人を突き止めて、嫌がらせをやめさせられたら、遥さんや冬彦くんによけいな心配をかけずにすみます。一つ一つは子供の悪戯程度の軽犯罪だし。たぶん、やってる人間も、どこまでなら通報されないか考えた上で、いろいろ試しているんじゃないですかね。調子に乗ってエスカレートする前に、現場を押さえて言い逃れできないようにして、どうしてこんなことをするのか話を聞けたらと思ってます」

「遥さんにはまだ言わない、ということですか」

「できれば」

貴史は佳人の顔をしばらく見据えていたが、やがて微かに苦笑して頷《うなず》いた。

「まぁ、佳人さんなら、そう言うと思っていました」

「すみません、我が儘で」

「我が儘とは思ってないです。佳人さんらしいなと思っただけです」

貴史はゆっくり首を横に振り、きっぱりと言う。

「まずは、近所で聞き込みをして、何か見た人がいないか探します。ご近所同士は、些細な行き違いや心証の持たれ方で、思いがけず大きなトラブルに発展する危うさがありますから、ここは地域と無関係の僕に任せてください。佳人さんは動かないほうがいい。僕は聞き込みには慣れていますし、いざとなったら弁護士だと名乗ることもできるので、信用も得やすいかと」

「はい。めちゃくちゃ助かります。おれだと、ご近所の方から根掘り葉掘り聞かれて、そのうち町内中にあることないこと噂が回りそうで、どうすればいいか悩ましかったので」

「幸い僕のほうは、さっき片付けてきた仕事で、現在抱えている大きな案件は一段落したところです。当面自由に動けます」

「本当にありがとうございます」

佳人は深々と頭を下げて礼を言い、あらたまって報酬の話をしようとした。いくら親しい仲でも、貴史に貴重な時間を割《さ》いてもらうのにタダでというわけにはいかない。

「これは弁護士本来の仕事ではないですから。そうですね、今夜の食事代を佳人さんが持ってくださるということで、どうでしょう」

「ええっ。そんなことでいいんですか。なんか申し訳ないです」

「どういたしまして。探偵事務所のアルバイトで培った経験を活かす機会をいただけて、むしろありがたいです。たまには本業から逸《そ》れたことをするのも自分の糧になりますから」

貴史は遠慮しているわけではないと、佳人に負担を掛けない言い方をする。

佳人も貴史の気持ちをありがたく受け取ることにした。

「今後も嫌がらせは続くかもしれませんので、何かあったら教えてください。その際、証拠の写真を撮っておくことです。今までの事件の写真は……」

「すみません、撮ってないです」

恥ずかしながら、毎回気持ち悪さが先に立ち、写真を撮って現状保存しておく方向に頭が働かなかった。新聞はすでに乾いているし、ゴミは片付けられ、ピザは大半を食べてしまった。少し考えたら気づきそうなものだが、日頃からあまり写真を撮る習慣がないのと、動揺して余裕をなくしていたせいで、考えつかなかった。面目なさに落ち込む。

「次もし何かあったら、忘れずに写しておきます」

「ないに越したことはありませんが、このまま終わりそうな気はしないんですよね。そのうちメールや手紙なども来るかもしれません。そうなると相手の目的が見えてくると思うので、犯人を絞り込みやすくなります」

貴史は最初から、ただの子供じみた悪戯だとは考えていないようで、顔つきが真剣そのものだ。悪戯なのか、それとも明確な悪意あっての仕業なのか——どちらもありそうだと思いつつ、心の奥では前者であってほしいと願っていた己の悠長さに気づかされる。

「ひょっとしたら、冬彦くん絡みの可能性もありますので、それも考慮に入れておいたほうがいいかもです」

「えっ、冬彦くんですか」

それは脳裏を掠めもしなかった。写真の話以上に虚を衝かれる。

「やり方が子供っぽいことは佳人さんも感じているでしょう。本当に子供が犯人かもしれません。子供だとすれば、冬彦くんに関係のあることが原因という見方も出てきます。そのときになって狼狽えないように、今のうちから心しておいてください」

「わ、わかりました」

昨日も遥と、冬彦からもっと学校での様子を聞こう、と話したばかりだったので、そのときの会話と、その後の交歓を貴史に知られている気がして焦る。あり得ないとわかっていても、貴史の思慮深く理知的な眼差しに晒されると、図星を指された心地になって、顔が赤らんできた。

「冬彦くん、おれや遥さんを心配させるようなことは、まず言わないんですよ。楽しかった、嬉しかった、は積極的に話してくれるけど、つらいとか、きついとか、困ってるみたいなことは口にしなくて。よくよく考えたら、おれたち冬彦くんが学校でどんなふうに過ごしているのか、実はあんまり把握してないなと気づいたばかりだったんです。今回の件もあるし、明日にでも話す機会作ります。……まだまだですよね、おれたち、親として」

「僕の目には、佳人さんたちは、立派に冬彦くんの親をやっているように見えますよ」

貴史に優しく言われ、胸がジンとする。

「そうでしょうか」

ええ、と貴史は迷いもせずに頷く。

「中学三年のときの自分を思い返すと、僕は親とはめったに口を利いてなかったですよ。学校でどうしているとか話したことないです。そんなもんじゃないですか」

「……言われてみれば。おれもそうでした」

たまに聞かれても、「うん」とか「まぁ」とか生返事をしてはぐらかしていた。学校生活を親に覗かれる感じがして、煩わしい、放っておいてくれ、と思っていた。

「考えすぎなくていいと思います。ただ、今回は別の事情があるので、冬彦くんとも一度話してみてください」

「はい。嫌がられない程度に聞いてみます」

雑談も交えてあれこれ話すうちに、五時半になっていた。

「店の予約、六時でしたよね。そろそろ行きましょうか」

応接室から出ると、ノートパソコンで作業していた千羽が、目だけこちらに向けてくる。

「お帰りですか」

「千羽さんも今日はもう上がっていただいていいですよ」

「私のことはおかまいなく。これを片付けたら帰ります。お先にどうぞ」

「千羽さん、さっきはありがとうございました」

佳人も千羽に話し相手をしてくれた礼を言う。

千羽はキーボードをカタカタと叩きながら、「いえ、べつに」と木で鼻を括《くく》るような返事をしたきり、あとは佳人などいないかのごとく無視する。予想を裏切らない驕慢《きょうまん》な態度に、おかしみすら感じた。

そのまま貴史と一緒に事務所を後にし、荻窪《おぎくぼ》のイタリアンに向かう。

気心の知れた友人と過ごす三時間はあっという間だ。最高のひとときだった。

3

三年二組の教室に入っていくと、居合わせたクラスメートたちがいっせいに冬彦に視線を向けてきた。

「おはよう」

全体を見渡し、明るすぎも暗すぎもしない、穏やかな声で挨拶《あいさつ》する。

大半はバツが悪そうな顔をして俯《うつむ》いたり、体の向きを変えて知らんぷりしたり、といった反応だが、冬彦の席の近くの机や椅子に行儀悪く尻を乗せた数人は、ニヤニヤと意味深な笑みを浮かべ、わざとらしくヒソヒソと耳打ちし合い、挑発するような目をして冬彦が席に着くのを待ち構えている。

毎日毎日、似たり寄ったりの嫌がらせをして、よく飽きないものだ。呆れる、と言いたいところだが、気の毒に感じる気持ちのほうが勝る。四人か五人でつるんでいるこの連中は、二組の王様的存在である大江琢磨《おおえたくま》の子分みたいなものだ。琢磨の指図に逆らわず、御機嫌取りに余念がない。琢磨は地域の総合医療を担う大病院の御曹司で、男ばかり三人兄弟の末っ子らしい。甘やかされて、我が儘放題に育ったのであろうことが、傲岸不遜《ごうがんふそん》で自己中心的な言動の端々から窺える。

その琢磨は、子分たちから離れた窓際の自席にふんぞり返って座っている。

上体を捻って机に片肘を突き、窓の外の校庭を見下ろす格好でこちらに背中を向けて無関心を装っているが、聞き耳を立てていることは全身から醸し出される張り詰めた空気感から察せられた。子分たちに冬彦を煽らせ、冬彦がどんな反応をするか高みの見物を決め込む。自分の手は汚さずに陰で糸を引く、いつものパターンだ。

冬彦は足取りを緩めず、まっすぐ机に歩み寄っていった。

天板にマジックで大きく落書きされている。

琢磨の子分たちはそれを見て冷笑し、冬彦が登校してきたら絡んでイジるべく、手ぐすねを引いて待っていたらしい。

落書きの内容も変わり映えせず、またか、と溜息しか出なかった。

揶揄《からか》いや中傷のネタはいつも冬彦の家庭環境に関することだ。

養父である遥のパートナーが同性の佳人だとクラスメートたちに知られたのは夏前だった。進路について担任と保護者を交えた三者面談が行われたとき、遥の代わりに佳人が同居家族として来校し、たちまち噂になった。佳人は上品な中に艶を含んだ美形で、凜然とした佇まいが一般人とは思えないオーラを放っていて目立つ。そんな人が養父のパートナーとなれば、それは騒がれもするだろう。

もとより隠すつもりもなかったので、男同士のカップルの家で暮らしていると知られたのはかまわなかった。知られても、はじめは皆遠慮がちで、面と向かって聞いてきたり、差別的なことを言ったりする者はいなかった。

琢磨でさえ、当初は転校したての冬彦を仲間に引き入れたがっていた節があり、特殊な家庭事情を知っても特に反応していなかった。昨今はそういうの結構あるよな、と珍しくもなさそうに言われたくらいだ。

特別親しくはなかったが、普通に話はしていた。琢磨のほうは、もっと距離を縮めたがっているようだったが、正直、冬彦は琢磨の人間性や弱い者を見下す態度に疑問を感じており、信頼できなくて一線を引いていた。

状況が変わったのは、七月になってからだ。

何がきっかけで手のひらを返され、陰湿なまねをしてくるようになったのか、冬彦にも心当たりがある。

クラスに、イジメの対象になりやすそうな気の弱い男子生徒がいて、実際、琢磨は何かというとその永山《ながやま》をストレス解消の捌け口にしていた。

七月初旬、期末試験明けに、琢磨はまた永山を苛めていた。難癖をつけ、校舎の裏の人気のない場所で、子分たちに取り囲ませて暴言を吐き、メガネを取り上げ、土下座して謝らせ、さらに頭を踏みつける。クラス委員長の細川《ほそかわ》真理《まり》から「大変なの！」と助けを求められた冬彦が駆けつけたとき、永山は精神的に追い込まれているのが明らかな、ひどい有り様だった。

真理を下がらせ、冬彦一人で止めに入ったが、琢磨は聞く耳を持たず、逆に、いつまでも自分の言いなりにならない冬彦に対して、溜まっていた不満を爆発させた。永山の代わりにおまえが謝罪しろ、俺を苛立たせて不快な気分にさせてすみませんでしたと土下座して謝れ、などと理不尽な要求をしてくる。

冬彦としては、それで琢磨の気が収まるなら、と膝を突きかけたのだが、黙って見ていられなくなったらしい真理が割って入ってきた。

真面目で正義感が強く、男子相手にも毅然《きぜん》とした態度で臨《のぞ》む真理は、優しさと気の強さを併せ持つ勇敢な女子だ。冬彦も転校早々からいろいろと教えてもらったり、親切にしてもらったりして、お世話になった。

真理は誰にでも公平に接する。クラスのほとんどが怖がり、気を遣う琢磨に対しても同様だ。琢磨も真理の言うことは文句を垂れながらも聞く。二人は幼稚園からの幼馴染みで、琢磨は子供時代の弱みを握られているから真理には強く出られないらしい、との噂を耳にしたことがある。その真偽は定かでないが、どうやら琢磨は真理が好きなようだ。真理にだけ見せる、ぶっきらぼうだが、まんざらでもなさそうな態度から、冬彦は推測していた。

「やめなさいよっ。卑怯者！　黒澤くんは関係ないでしょ！」

まっすぐな長い髪をサラサラと揺らして、冬彦を庇うように琢磨との間に立ちはだかる真理は、アニメか漫画の勇気あるヒロインみたいだった。よもやここに真理が出てくるとは予想しておらず、冬彦は唖然《あぜん》としてしまった。

「真理、おまえこそ関係ないだろ。卑怯者？　誰のことだ。そいつが勝手に永山の代わりになると言って、俺らの交流を邪魔しにきただけだぜ。永山は俺との約束を果たせず、しくじって俺に迷惑をかけた。俺の仲間でいたけりゃ俺のルールに従うのがグループの決まりだ。ここは教室じゃないんだから、おまえがうるさく口を挟むなッ！」

最後は猛獣の咆哮《ほうこう》さながらの怒鳴りつけ方だったが、真理は怯まず琢磨と対峙《たいじ》し続けた。

「まず永山くんを放してあげて。あなたたちがしてるのはイジメじゃない。琢磨、みっともなさすぎ。ガッカリだわ」

真理に責められ、プライドを粉々にされた琢磨の怒りの矛先《ほこさき》は冬彦に向いた。

「おまえ、ひょっとして、黒澤が好きなのか」

「はぁ？　な、なに言ってるの……！」

真理が狼狽え、落ち着かなそうにソワソワしだしたのが、夏服のブラウスを着た細い背中を見ていてわかった。短絡的すぎるだろう、と冬彦は琢磨の思い込みの強さに呆れたが、真理がはっきり否定しなかったので、えっ、まさか、と一拍遅れて戸惑った。

百六十そこそこの真理を挟んで向き合っている琢磨の顔が、傍目にもわかるほど、じわじわと赤黒さを増していく。皮膚の下で暴れている感情が、今にも薄い皮を突き破って噴出しそうで、ヒヤリとした。琢磨の激昂《げっこう》しやすさは、何度も見てきた。手がつけられない暴力性を伴うので危険だと思った途端、体が動いていた。

「細川さん」

もういいから後は任せて、と真理と立ち位置を入れ替え、今度は自分の後ろに匿《かくま》う。

殴られるのを覚悟しての行動だったが、琢磨はいつもと違って激情を爆発させず、反対に急速に萎《しぼ》ませ、赤かった顔が今度は紙のように白くなっていき、具合でも悪くなったのかと心配になるほどだった。

「そうか。おまえら、そういうことか」

「ちょっと。なによ、その薄笑い。キモいんだけど」

「細川さん」

ずいと踏み出して再び前に出ようとする真理を、冬彦は片腕を伸ばして遮った。視線は琢磨から離さず、次にどう出るか身構える。

「黒澤くん、私は大丈夫だから。琢磨のことは、よく知ってるの」

「フン。よく言うぜ。おせっかい焼きのブスが」

「またそれ？　語彙力なさすぎ」

「おい、おまえ」

琢磨は真理が言い返したのを無視して、子分たちに見張られて地面にへたり込んだままオドオドしている永山に向かって、いきなり声を掛ける。

「おまえ、もう行っていいぞ。これに懲りたら次は俺をイラつかせるな」

「は、は、はいっ」

ありがとうございます、すみませんでしたっ、と永山は必死の面持ちで言うと、よろけながら立ち上がった。琢磨の気が変わらないうちに一刻も早くこの場から逃げようと焦るあまりか、足を縺《もつ》れさせて転びそうになりながら脱兎のごとく離れていく。

「引き揚げだ。気分直しにカラオケ行くぞ」

永山を解放すると、琢磨は子分たちに向かって、ついて来いとばかりに顎《あご》をしゃくる。

冬彦と真理には一瞥もくれず立ち去った。

本来ならホッとするところだが、どうにも不穏な雲行きになりそうな予感がして、冬彦はすっきりしなかった。これで終わるとは思えない。覚悟しておいたほうがいいかもしれないと、心積りはしていた。

ところが、予想に反して琢磨は奇妙なほどおとなしくなり、虫ケラ同然の扱いをしていた永山へのイジメもピタッと止まった。琢磨たちに苛められなくなった永山は、いつのまにか子分たちに紛れて、今度は嬉々《きき》として使いっ走りをしている。体《てい》よくこき使われているだけで、琢磨たちは相変わらず永山を陰で馬鹿にして嘲《あざけ》っているのだが、永山がこれでいいのなら、他人が余計な口を出すことでもない。ちょっと冷たいかもしれないが、冬彦はそういう考えだ。

冬彦への報復はいっさいなく、代わりに、以前のように声を掛けてきて仲間に引き入れようとすることもなくなった。

永山の一件のあと、夏休みに入るまでの約二週間、何かしっくりとこない、悪いことが始まる序章めいた空気がクラスを覆っているような気がしていたが、どうすることもできず、長い夏休みが始まった。

夏休み中は何度か登校日が設《もう》けられていて、学校でクラスメートと顔を合わせたが、そのときにも琢磨とは何もなかった。ただ、なんとなく、徐々に徐々に周囲から遠巻きにされだした感じは受けていて、はっきり仲間外れにされるわけではないが、話をしてもすぐ切り上げられたり、一緒にやろうとしても断られたり、といったことが増えていた。そのうち、以前通りに接してくれるのは真理だけになっていて、一度真理にさりげなく話してみた。

「えっ。全然気づかなかった。誰かに何か言われたの？」

「いや、何も。……ごめん、やっぱり僕の気のせいみたいだ。今の話、忘れて」

真理に訝《いぶか》しそうな顔をされ、冬彦はすぐ引いた。少なくとも真理は同じ目には遭っていないようだ。それを確かめられただけでも、聞いてみてよかった。だが、これ以上詳しく話せば、真理は黙って見過ごさないだろう。クラスのまとめ役たる委員長として、皆と話して、なんとかしようとするに違いない。そうなると、冬彦に加担した真理まで標的にされかねず、それは絶対に避けたかった。

水面下で進んでいた冬彦への嫌がらせがいよいよあからさまになったのは、二学期が始まると同時だった。

この十日あまり、机の天板に落書きされたり、上履きを隠されたり、教科書やノートをゴミ箱に捨てられたり、といった古典的なイジメが毎日手を替え品を替えて繰り返されている。体育祭の練習を放課後にやるようになって、補習授業は一限目の前に行われることになったのだが、こんな朝早くからご苦労なことだ。

またか、と溜息をついた冬彦は、琢磨の子分たちに囲まれた自分の机に歩み寄り、皆が注目する中、椅子を引いて着席した。冬彦の席は教室のちょうど真ん中辺りで、たまたまだとは思うが、クラスの皆が鑑賞しやすいよう意図的に用意された舞台のようだ。

子分たちがニヤニヤと意地の悪い笑みを浮かべて見る中、冬彦は落書きにはかまわず、黙って英語の教科書とノートを鞄《かばん》から出した。

遥と佳人の性的な関係を揶揄する下品で汚い言葉がほぼ隠れる。油性マジックで書かれているので、消すには除光液なり専用の溶剤なりが必要だ。みかんの皮でも落とせるかもしれない。いずれにしろ、今は何も持っていないので、どうすることもできない。

そのうち、元の名前や祖父の事件についても、インターネット上に流れている真偽の入り交じった情報を誰かが探り当てて、こんなふうに書かれだすのだろうな、と他人事のように考える。

「消さねぇのかよ」

「取り澄ましちゃって、無理してんの丸わかり」

横で子分たちが何か言っていたが、冬彦は耳に入れず、雑音だと思って聞き流した。こういう状況になるのは初めてではない。慣れたくもないが、小学校時代にもしょっちゅう仲間外れにされたり、ひどい言葉を投げつけられたりした。なるべく心を痛めずにやり過ごす自分なりの方法は持っている。けれど、もちろん、全然傷つかないわけではない。他の人よりは少しだけ免疫があるというだけだ。

「おい、おまえたち、席に着け」

今朝の補習授業を受け持つ英語教師が現れ、皆一斉に自分の席に戻った。

冬彦の周りは琢磨の子分たちで固められている。二学期が始まって早々に行われた席替えで、くじを引いたときにはこうではなかったのだが、琢磨が裏で手を回して席を交換させたらしく、前後左右を子分たちに取り囲まれる形になった。

いったい何がしたいのかわからないが、琢磨が冬彦に憎悪を燃やしており、屈服させないと気がすまないらしいのは確かなようだ。

煩わしくて迷惑だが、今のところ琢磨は真理のことは無視するだけにとどめているようで、それだけはよかった。

「今日の日直は誰だ。チョークが短いのしかないぞ」

「細川さんです。まだ来てませーん」

真理の名前が出て、冬彦はそっと首を回して廊下側の後ろから二番目の机に視線を送った。

そういえば今日まだ真理の顔を見ていない。

「委員長か。珍しいこともあるものだな。誰か備品室から取ってきてくれ」

教師に言われ、真理の後ろの席の男子生徒が席を立つ。

昨日も真理は遅刻してきた。寝坊したとかで、一限目の途中に来たのだ。品行方正な優等生で知られる真理にしては、あり得ない事態だと皆驚いていた。えへ、やっちゃった、と仲のいい女子たちに舌を見せて笑っているところは、普通に元気そうだった。冬彦も気にしていなかったのだが、今日もとなると、ちょっと心配になる。

大丈夫だろうか。ひょっとして裏で琢磨たちに嫌な目に遭わされているのではないだろうか。

横目で隣に座っている子分の一人の顔を見たが、何も知らなそうだ。子分たちは琢磨の命令に従うだけという感じなので、何か知っているとすれば琢磨だろう。

「先生。腹が痛いので保健室に行ってきていいですか」

その琢磨が不意に立ち上がる。

背が高く、バスケットボール部で鍛《きた》えた体をした琢磨には、教師も腰が引け気味だ。

「あ、ああ」

琢磨は不機嫌な顔つきではあったが、具合が悪そうには見えない。授業をふけてどこに行くつもりなのか、真理の名が出た直後だけに気になる。だが、冬彦まで仮病を使って琢磨の後を追うわけにもいかず、何もできなかった。

「それでは、前回の続きから。黒澤、音読しろ」

いきなり指され、冬彦は開いた教科書を持って起立する。

ところどころ破かれたページをテープで修復した教科書を教師に見咎められないよう気をつけながら、指定された箇所を読んでいく。

間違ってもいないのに、どこからか忍び笑いがする。苛立ったように舌打ちする音もした。

一学期とは違うギスギスした教室の雰囲気に教師も気づいているはずだが、静かに、と注意することもない。こうした事態において、教師には最初から期待していないので、まぁこんなものだろうと冬彦は冷めた気持ちになるだけだ。

今はまだ、何事もないかのごとく振る舞えているが、イジメはだんだんエスカレートしていくことが多いので、いずれ遥や佳人にも知られてしまうかもしれない。

それが冬彦には一番避けたいことだった。

＊

真理は補習授業には結局来なかったが、朝のショートホームルームのときにはちゃんと席に座っていた。仲良しの女生徒に「補習、なんで来なかったの？」と聞かれているのが耳に入る。

「ちょっと、お腹痛くて」

奇《く》しくも琢磨と同じで、だからというわけではないが、本当の理由は他にあるのではないかと漠然《ばくぜん》と感じた。

できれば、直接真理に、昨日に続けて今日も遅くなったのはどうしてか聞いてみたかったが、二学期が始まって以来、真理も他の皆と同様に冬彦を避けるようになっていて、冬彦もそのほうが真理自身のためにいいと思ったので、こっちからも近づかないようにしている。

琢磨が突然イジメの標的を永山から冬彦に変えたのは、どう考えても真理との関係を邪推《じゃすい》したことが原因だろうから、真理と個人的に関わるのは火に油を注ぐようなものだ。真理の態度がよそよそしくなった理由は定かでないが、もしかすると冬彦と同じ考えからなのかもしれない。

この日は三限目に体育があった。体育の授業は男女別で、二組は一組と合同で受ける。

前回は、体育の前に化学実験を行う理科があり、教室を空けることになったため、体操着と体育館専用のシューズを揃って隠され、やむなく体調が悪いと言って見学した。このときは体育祭の演目の一つ、騎馬戦の練習をするはずだったが、冬彦だけできなくて、一緒に馬を作る班の生徒たちが聞こえよがしに「誰かさんのせいで、俺らだけまともに練習できねぇ」「負け決まったようなもんじゃん」などと愚痴《ぐち》っていた。琢磨は我関せずとばかりに知らん顔していたが、目と口元にざまぁみろと言いたげな嘲笑《ちょうしょう》が浮かんでおり、わかりやすかった。

今日は朝からずっと二組の教室で授業を受けていて、前回ゴミ箱に捨てられていたのを回収して無事見つけられた体操着にもシューズにも、異変はなかった。

「今日は百メートル走のタイムを測ります」

男子クラスの受け持ちであるショートヘアの女性教師がストップウォッチを掲げて言う。いよいよか、と期待と興奮と緊張のざわめきが、トラックに集められた生徒たちから沸き起こる。

「最後だから選ばれたいよな」

「二組は陸上部のやつがいないから、可能性高くていいなぁ。うちには二人もいるぜ。もうあいつらに決まったようなもんだ」

「補欠も含めて三人選ばれるだろ。ぶっちゃけ当日走れる可能性は低いけど、選ばれただけでも名誉だ。がんばろうぜ」

冬彦の後ろに立っている一組の生徒の話が聞こえる。

二組は、一人はおそらく琢磨になるだろう。脚の速さはクラスで一番だ。本人もすでに決まったような顔をしている。あと二人は、走ってみないとわからない。冬彦を含め、その時々のコンディション次第で順位が入れ替わる者が数人肩を並べている。

一組と二組の生徒が二人一組で同時に走り、別々にタイムを記録する。

予想通り、琢磨は二組の中で頭一つ抜き出て速かった。

五十音の出席番号順に走ったので、冬彦は琢磨の二人後だった。

今の状況では、チームを組んでやる授業はぎくしゃくするので苦痛だ。その点、百メートルを走るだけでいいこの授業は憂いがなくていい。誰に憚《はばか》ることなく、誰からも邪魔されることなく、思い切り走れて、それだけで気分が爽快になった。

クラスメートの中には、冬彦をハブにすることに後ろめたさや罪悪感を感じている者も少なくないようで、ほとんどは琢磨を恐れて仕方なく調子を合わせているのだと承知している。

冬彦がゴールラインを駆け抜けたとき、走り終えて休んでいた数名と、これから走るスタート地点の待機組の双方で、「うわああ」という歓声が上がった。

まさに、この十日あまりの鬱屈を吹き飛ばすような騒ぎ方で、走った当人の冬彦のほうがたじろいだ。

「黒澤くん、十二秒八」

体育教師が笑顔で告げる。

その傍で、琢磨が腕組みをして険しい顔をしており、久々に一瞬目が合った。

すぐに向こうから逸らしたが、憎悪に満ちたぎらつく眼差しに、凶暴な感情が胸中で渦巻いているのを感じ、気圧されそうだった。

厄介な相手に目をつけられたものだ。

これでもし二組の二番が冬彦で、リレーの正式メンバーになっていたら、もっと風当たりがきつくなるに違いなかったが、幸か不幸か、冬彦よりコンマ一秒速く走った生徒がいて、冬彦は補欠ということになった。

クラスメートの間には、残念だったね、というムードがそこはかとなく漂っていたが、反面、冬彦に決まらなくて胸を撫で下ろしているようでもあった。確かに、二組の暴君琢磨が、目の敵《かたき》にしている冬彦とリレーで一緒に走るなど、荒れないわけがない。冬彦自身、補欠で残念な気持ちと、これでよかったと思う気持ちが半々だ。

「調子に乗るなよ」

久々に琢磨から声を掛けられた。威嚇《いかく》されたと言うほうが合っている。

授業が終わって、皆でぞろぞろと校舎に戻っているときだ。一人で歩いていた冬彦の傍を、肩をぶつけかねない勢いで追い越していき、低い声で吐き捨てて行った。

確定事項だった琢磨の選出より、冬彦の見せた快挙のほうが盛り上がり、クラスメートを沸かせたのがよほど気に食わなかったようだ。最終的に二位の結果を出した生徒も騒がれたのだが、琢磨にとってはそっちはどうでもよく、冬彦が一時でももてはやされたことが許せないらしい。きっとクラスメートたちにも、もっと徹底して冬彦を無視するよう、子分たちを使って根回しするだろう。

恋愛絡みの恨みと嫉妬《しっと》は根が深い。

たとえそれが誤解だとしても、渦中の人間は理性をなくしがちで、他人の言葉に耳を傾ける余裕がなかったりする。

卒業まであと半年ほどの付き合いだが、このままの状態で過ごすには、ちょっと長いかもしれないと冬彦には思え、ひっそり嘆息した。

＊

事故は、クラス対抗リレー選手が決まった日の放課後、起きた。

団体競技の目玉の一つ、三年生男子全員による騎馬戦の練習中のことだ。

騎馬戦に関しては、もう何年も前から、怪我の危険が高いので種目から外したほうがいいという意見と、ルールを守って安全に行えば問題ないという意見があり、冬彦たちの中学でも毎年種目決定会議で議題に上がるそうだが、今年も例年通り行うことになった。開校以来、体育祭で場を盛り上げてきた伝統種目で、OBたちの意向が強く働いた上、保護者会の意見も真っ二つに割れているため、押し切られたらしい。

生徒側としては、やりたい派が圧倒的に多い。実際に、大きな怪我や事故が起きたことは今までになく、怖さより楽しさのほうが勝っているからだろう。

赤組と白組に分かれて四人一組のチームを同数作り、三人で馬を作って一人上に乗る。そして左右から駆け寄りあって合戦となり、騎手が被《かぶ》っている帽子を取ったら勝ち、取られたら負けの勝ち抜き戦だ。制限時間内に残っている騎馬が多いほうの組が勝つ。

その合戦練習中に、馬役だった冬彦は、誰かに背中を強く押され、体勢を崩した。

上に乗っているのは小柄な永山だ。お世辞にも運動神経がいいとは言えない。肩と腕を三人で組んで作った馬の上に騎手を乗せている状態で一人がよろけると、四人全員がバランスを崩す。

このままでは永山を地面に落としてしまう。

馬役の三人は組んでいた腕を離してバラバラになっても、そうそう怪我をすることはないと思われたが、永山は帽子を取られまいと必死になっており、突然馬がガクンと予期せぬ動きをして、不意を衝かれただろう。

「うわあっ」

動転して悲鳴を上げ、余計な動きをして仰け反る。頭の重さで体勢を立て直せず、そのまま背中から落ちる形になる。

冬彦は咄嗟に永山の下にスライディングするように身を滑り込ませた。

次の瞬間、永山が冬彦の上にドサッと落ちてくる。

予想以上の衝撃に、背骨がどうかなったかと思った。肺が押し潰されたようになり、息が吸い込めなくなる。次第に気が遠くなり、耳鳴りがして、周囲で何人もの声がしているのはわかるのだが、水の中で聞いているかのごとく不明瞭だった。

「おいっ、大丈夫かっ」

どれくらいしてだろう。耳元で男性教師の声がした。

今度ははっきり聞き取れる。

薄く目を開けると、数分前まで見ていたのと変わり映えしない空が目に入った。

どうやら意識をなくしていたのは、ほんの僅《わず》かな間らしい。仰向けの状態で地面に横たえられている。息も普通にできるようになっていた。

「起き上がれるか。救急車、呼んだほうがいいか」

できれば呼びたくないと思っているのが、教師の困惑した表情から読み取れる。だからこういう聞き方をするのだろう。気持ちはわからなくもない。騎馬戦中止派の父兄が、ここぞとばかりに騒ぐに決まっているからだ。

冬彦としても、別の理由から救急車には乗りたくなかった。そんなことになれば、佳人と遥を心配させてしまう。

「大丈夫です」

冬彦の返事を聞いて、教師がホッとしたのがわかる。

ゆっくり上体を起こすと、少し離れた場所にクラスメートをはじめとする三年の生徒たちの一部が固まって様子を窺っているのが見えた。皆、冬彦が無事だとわかって安心したようだ。よかった、と思わず言葉にしたクラスメートがいて、隣に立っていた生徒に肘で突かれていた。彼らの二人隣に琢磨がいる。その耳を気にしてのことだろう。

「おまえらは安藤《あんどう》先生の指示に従え。黒澤は保健室に連れていく。黒澤と一緒だった三人も念のため来い」

教師の指示を受け、生徒たちがのろのろと動きだす。まだ冬彦のことが気になるようだ。チラチラとこちらを見る生徒と何人も目が合う。心配させて申し訳なく思うのと同時に、普段は挨拶もしてくれないが、たぶん本当に嫌われているわけではないんだなと思え、心が軽くなった。

永山はどこも怪我はしていなそうだったが、気の毒なくらい動揺していて、保健室にも来なかった。自分はなんともない、でも今日はもう帰らせてくれ、と言うなり、その場から逃げるように走っていったのだ。

他の二人は、それぞれ膝や腕に擦り傷を負っていた。こちらもたいした怪我ではなく、養護教諭に手当てしてもらうと、そのまま家に帰された。

冬彦だけは、しばらく保健室のベッドで寝ていくように言われ、本当になんともないです、と訴えても、救急車を呼ばなかった代わりだと聞き入れられなかった。僅かな間であれ、気を失っていたのは事実なので、このまま一人で帰らせるわけにはいかないという学校側の気遣いももっともではある。

「おうちの方とはもう連絡取れているから」

女性の養護教諭に言われ、やっぱり佳人に連絡されてしまったか、と忸怩《じくじ》たる思いを抱く。仕方がないとはわかっていても、失敗した気分で落ち込む。きっと佳人はびっくりしただろう。

「車で迎えにきてくださるそうよ。それまでここでおとなしく寝ていなさい」

自宅から学校まで、車なら十五分ほどだ。

佳人を待つ間、保健室の奥に置かれたベッドに横になり、背中を押されたときのことを思い返していた。

あれは、わざとだろうか。わざとだとすれば、誰がやったのか。

あのとき冬彦は斜め前に琢磨がいるのを見た。体が大きいので、やはり馬役だった。その直後に背中に衝撃を受けたので、琢磨ではないことは確かだ。

ただ、琢磨が子分の誰かに前もって、やれ、と命令していた可能性は高い。

上に乗っていた永山への配慮は、たぶんなかったと思われる。そこが冬彦は怖かった。自分の気持ちしか尊重せず、他人を利用するだけ利用して、用がなくなれば切り捨てる。今のうちにやめさせないと、次はどんな事態に発展するかしれない。

一度、琢磨と話をしよう。今度こそ暴力を振るわれるかもしれないが、躊躇っている場合ではない気がしてきた。

「失礼します」

女生徒の声が小さく聞こえ、保健室のドアが開く気配がした。

少し前に養護教諭は用事ができたようで席を外しており、間仕切りのカーテンの向こう側には誰もいないはずだった。

カーテン越しに「黒澤くん、いる?」と声が掛かる。

「細川さん?」

カーテンを少し開けて、隙間から真理が顔を覗かせる。

体操着を着たままベッドに横になっていた冬彦が体を起こすと、真理はカーテンを大きく開け直して、遠慮がちに中に入ってきた。二学期が始まってから、こうして真理としっかり向き合うのは初めてだ。真理もジャージの上下を着ている。三年女子は体育館でダンスの練習をしていたはずだ。時間的に、練習が終わってすぐここに来たようだ。

「騎馬戦の最中に怪我人が出て、黒澤くんが保健室に運ばれたって聞いて」

真理はおずおずとした口調で言う。表情も硬く強張っている。来ていいものか迷った末に、気まずさを押して来た、そんな感じのようだ。

冬彦は真理を安心させるように微笑みかけた。

冬彦の態度が頑《かたく》なでないことを知った真理の顔つきが和らぐ。

「一瞬気を失ったりしたから騒がせてしまったみたいだけど、大丈夫だよ」

「本当に? だったら、よかった」

「うん。ありがとう。心配してくれて」

話すうちに、真理は、本来の快活で物怖じしない性格を冬彦の前でも取り戻してきた。

「……あの、私、ここのところ、態度おかしくてごめんなさい」

きちんと頭を下げて謝られる。

後ろで一括りにした長い髪が、束になって肩から胸元に垂れ掛かる。顔を上げたとき、白い肌が羞恥のせいか赤らんでいて、ちょっとドキッとした。見てはいけないものを見たようで、すぐに視線を逸らす。

「この状況だから、理解してる」

冬彦は率直に答えた。真理にもそれが冬彦の真意だと伝わっただろう。

「黒澤くんは何も悪くない。私、自分が恥ずかしい」

「細川さんにそう言ってもらえるだけで嬉しいよ。ここに来てくれたのだって、すごく勇気がいったと思う」

「黒澤くん」

冬彦の言葉が真理の心の琴線に触れたのか、張り詰めた糸がプツンと切れたかのように、真理はいきなり大きな瞳に涙を滲《にじ》ませた。

ずっと悩んでいたんだろう、苦しかったんだろうと想像し、胸がぎゅっと引き絞られる。

「クラスのこともだけど、個人的な悩みっていうか心配事が重なって、今余裕がないの」

「もしかして、昨日も今日も朝の補習に来なかったのは、そのせい？」

真理は小さく頷き、細い指で目元を拭う。赤く腫《は》れた目が痛々しい。

個人的な悩みとはどんなことなのか気になるが、どこまで立ち入っていいかわからず、冬彦からは聞きづらかった。

「琢磨は黒澤くんにものすごいライバル心を持ってるの。三年になって、始業式の日に黒澤くんが転校生として紹介されたときから、黒澤くんのことやたらと意識してた。本当は仲良くなりたかったんだと思う」

「そう、なのかな」

意識されているようだとは薄々感じていたが、仲良くなりたいというのはピンと来なくて、歯切れの悪い相槌《あいづち》を打つ。

「もう無意味なことはやめて、って何度も言ったんだけど、私が何か言えば言うだけ黒澤くんにひどいことするから、今、言うに言えなくなっていて」

「細川さんは何もしなくていいから」

冬彦はきっぱりと言う。

「近いうちに、僕が大江くんと話す」

「でも……」

真理が心配そうに言いかけたとき、ガチャリとドアが開く音がした。

「どうぞ、こちらです」

「すみません、ご迷惑をおかけして」

養護教諭の案内に応える声がする。

冬彦ははっとして、真理が気を利かせて大きく開けておいたカーテンの切れ目から見通せる保健室内に視線を向けた。

べつに疾《やま》しいことは何もしていなかったし、カーテンを閉め切ってもいなかったので、先生が真理を見て、あら、という顔をしても、冬彦も真理も堂々としていた。

先生の後ろから佳人が姿を見せる。

連絡を受けて、とるものもとりあえず飛び出してきたような普段着姿で、いつも以上に若々しい。とても三十一には見えず、この人が養父のパートナーだと知ったら、それは皆、好奇心を湧かせて、いろいろ詮索したくなるだろうとあらためて思った。

傍に立っている真理も、心ここに在らずといった表情で、瞬きもせずに佳人を見つめている。

「冬彦くん」

冬彦の元気な姿を確認して、佳人は大きく息を吐く。

とても心配してくれていたのが安堵した表情から伝わってきて、冬彦は心の底から申し訳ない気持ちになった。

「ごめんなさい」

ううん、と佳人は目を細め、首を横に振る。

「迎えにきたよ」

その一言が冬彦の瞳に紗《しゃ》を掛けた。

4

今夜のおかずは唐揚げ、いや、チキン南蛮にしよう。

六時過ぎから作り始めれば、冬彦が帰宅したとき、熱々の揚げたてチキンをさっと甘酢タレにくぐらせ、タルタルソースをたっぷり掛けたチキン南蛮を出してあげられる。

それまでに仕事を片付けて——と考えていたところに、冬彦の学校から電話がかかってきた。

「えっ。体育祭の練習中に倒れた？　すぐ行きます！」

指導していた体育教師によると、騎馬戦の合戦練習をしていて、冬彦たちが組んでいた騎馬が崩れ、上に乗っていた生徒が冬彦の背中に落ちたと言う。その後、養護教諭の女性と代わって、骨折などの大きな怪我は見受けられないこと、擦り傷と打撲の手当てはしたが、念のため病院で診てもらったほうがいいと思う、といった説明があった。

チキン南蛮どころではなくなり、仕事は途中で放り出し、着替える時間も惜しんで、車で学校に向かった。冬彦は徒歩と電車で三、四十分かけて通学しているが、車だと十五分ほどだ。夕方の混雑に遭わないよう、遥に教えてもらった裏道を通って、学校に着いた。

「黒澤冬彦の家族です」

担任の岸本《きしもと》とは、一学期に行われた三者面談の際にも顔を合わせており、家庭の事情もきちんと説明してあるので、久保佳人と名乗っても余計なことは聞かれなかった。一緒にいた体育教師と白衣姿の養護教諭は、先ほど電話で話した二人だ。えっ、こんな若い人なの、と言わんばかりの目で見られたが、口に出されはしなかった。

先に少しお話を、と職員室の一角に設けられた簡易応接室に通され、三人と佳人で向かい合ってソファに座る。

「状況は電話でご説明した通りです。生徒全員に目が行き届かず、誠に申し訳ありません」

「冬彦が突然転びかけて騎馬を崩した、というのは、その前から体調が悪かったとかなんでしょうか」

「いいえ、そんな様子はなかったと思います。三限目の体育の授業でも、百メートル走で十二秒八を出す走りをしていましたし。その授業を担当した先生が、すごく綺麗なフォームだったと褒めていました」

「そうですか。じゃあ、どうして急に……」

腑に落ちなくて、体育教師から担任に視線を移す。

佳人と目を合わせた岸本は気まずそうに視線を逸らし、開いた太腿に乗せた手を組んだり外したりして、いかにも落ち着きがなかった。

「体育祭まで二週間ちょっとになりましたので、放課後も練習や準備で皆残っていて、三年生は受験勉強との兼ね合いもあり、疲れが出たのかもしれません」

「そうですか」

家で見ている限り、特に疲労を溜めて無理をしている様子はないのだが、反論するだけの理由もなく、この場はいったん岸本の弁を受け入れる。

なんとなく、何か隠されている気がして仕方なかったが、聞いてもはぐらかされる予感しかせず、無駄な言い合いをするより冬彦の顔を見て早く安心したかったので、今は追求しなかった。

学校側は、不慮の事故に対して、できる限りの対処を適切に行った、ということを保護者に印象づけたいため、先に応接室で話したいと言われたのが透けて見え、なんだかな、という気持ちになる。幸い、冬彦は軽傷ですんだらしく、意識もはっきりしているそうなので、佳人もまだ冷静でいられるが、これが救急搬送されるような事態だったならと思うとゾッとする。

十分ほど話して担任と体育教師とは別れ、養護教諭の案内で冬彦が寝ている保健室へ向かう。

「ほんの数秒ですが、落ちて来た生徒の体重を背中で受け止めて、意識をなくしていたそうなので、病院には必ず連れていってください。ご本人が救急車は断られたので保健室で寝かせましたが、本来は救急搬送案件だと思います」

あくまで念のためですが、と繰り返しつつ、養護教諭は学校側とは少し見方の違う助言をしてくれた。この先生は、先ほど別れた二人より信頼できるかもしれないという感触を受けたので、佳人は思い切って聞いてみた。

「あの、本当に冬彦は自分で転びかけたんでしょうか」

何か知っていることがあれば、教えてほしかった。冬彦は佳人や遥を少しでも心配させるような話はなかなかしようとしない。半年以上一緒に暮らしていれば、そういう性格だというのは疑いようもなくわかる。

「私はその場にいなかったので、正確な状況を把握してはいないのですが……」

実は、と養護教諭は躊躇いながらも話してくれた。

「実際に見ていた生徒の一部が、冬彦くんは後ろにいた味方の騎馬にぶつかられて体勢を崩したようだった、と言っているのを耳にしました。あの、ですが、これが真実かどうかはわかりません。そういうふうに捉えた子もいる、という話です」

「ええ、わかります」

佳人は養護教諭に負担をかけないよう、急いで言った。軽々しく同級生に疑いをかけるつもりはない。ただ、事実が知りたいだけだ。

「話していただいて、ありがとうございます。あとは、冬彦から聞きます」

養護教諭と一緒に廊下を歩きながら、もしかして、と佳人は疑惑を深めていた。

やはり、冬彦は誰かに苛められているのではないだろうか。

一週間前、遥とその話をして、冬彦に、学校で何か困っていることはないか、悩みがあればなんでも言ってね、と一般的な話という体で探りを入れたが、案の定、冬彦からは「そういうことがあれば話します」と返ってきただけだった。表情にも態度にも、何かあると感じるところはまったくなく、佳人のほうも具体的に疑っているわけではないので、それ以上突っ込んで話すのは難しかった。

あのとき、やっぱり、もう少し粘って聞いていれば……後悔が押し寄せる。

保健室のドアの前まで来たとき、中から男女の話し声が微かに漏れ聞こえた。

「細川さんは何もしなくていいから。近いうちに、僕が大江くんと話す」

「でも……」

冬彦と、細川という女生徒らしい。

大江というのは誰だろう。話すというのは、何をなのか。会話の内容に不穏なものを感じて、佳人はますます嫌な予感を強めた。

「どうぞ、こちらです」

養護教諭がわざと中の二人に聞こえる声で佳人に言って、ドアを開ける。

話し声がぴたりと止んだ。

カーテンを開けた状態で、清純そうな美少女と冬彦が二人でいる。細川という真面目で賢そうな女生徒はベッドの傍に立ち、冬彦は上体を起こして医療用ベッドに寝ていた。どちらも臙脂《えんじ》色の体操着姿だ。

ひょっとして、と佳人は二人を見て微笑ましい想像をした。

冬彦が顔色も悪くなく、思ったより元気そうにしていて、張り詰めていたものが緩み、ほうっと深く息を吐き出していた。

何はともあれ、冬彦が無事でよかった。冬彦に万一のことがあれば、きっと取り乱していただろう。

よかった。何度もその言葉を頭の中で繰り返す。

「迎えにきたよ」

帰ろう、と言うと、光の加減か、冬彦の目が潤みを帯びたように見えた。

*

「保健室に入る前、話しているのが聞こえたんだけど」

ステアリングを握り、安全運転で慎重に車を走らせながら、佳人は意を決して切り出した。

家ではいつも隣にいるわけではなく、話をするきっかけを摑むのにまず気を遣うが、走行中の車の中は横並びに座って前を向いているので、しづらい話をするのにうってつけだ。

「……はい」

冬彦は佳人の言い方だけで、何の話か察したらしく、観念したように応じてきた。

「大江くんって、クラスメート?」

「はい。大江総合病院の息子で、クラスで目立っている子です」

冬彦は簡単に、そして、佳人にも察しやすく、大江琢磨というボス的存在の生徒のことを教えてくれた。

佳人たちの懸念は当たっていた。

夏休み前に起きた事件、休暇中の違和感、そして、二学期始業と同時に本格化したイジメ。きっかけは永山という同級生だが、黒澤家の家庭事情も揶揄の種にされていること。

今日までの経緯を洗いざらい話した冬彦は、真剣な面持ちで佳人を見つめ、

「僕がされてること、遥さんにも、学校にも、もう少しの間、黙っていてもらえませんか」

と言い出した。

「遥さんに心配かけたくないんです。近いうちに大江くんと話してみようと思っているので、それでもどうにもなりそうになかったら、お二人の力をお借りしたいです。それまで、なんとか」

「うーん……、それ、きみは大丈夫なの？　学校側にイジメの実態を明らかにするよう要求する前に、自分でなんとかしたい気持ちはわかるけど、今日みたいなことがまた起きないとも限らないし、早めに相談して手を打ったほうがいい気がするけど」

事が事だけに、おいそれと認められず、慎重になる。

「先生方も今まで以上に注意してくださるはずなので、さすがに今日みたいなことはそうそう起きないと思います。それ以外の、無視とか物を隠したりとかは続くと思いますが、僕、それくら

いならまぁ、なんとかやり過ごせます。祖父と住んでたときもさんざんされてるので、普通の子より慣れてるというか」

そんなことに慣れてほしくない、と悲しくなるが、冬彦は淡々としている。佳人自身も、香西《こうざい》のところにいた学生時代は、めちゃくちゃ引かれて遠巻きにされ、あることないこと噂されたものだが、確かにスルースキルは身につけていたなと思い出す。

逡巡した末、佳人は冬彦の意思を尊重することにした。相当迷い、悩んだが、冬彦の決意に満ちた目を見たら、この子なら大丈夫だと信じようという気持ちになった。

「わかった。その代わり、約束してほしいことが二つある。一つは、明日は学校を休んで病院に行くこと。なんともないって診断が出たら、おれも本当に安心して、遥さんにしばらく大江くんたちのことを黙っていられる」

「はい。診察、受けます」

冬彦は神妙に承知する。

「もう一つは、なんですか」

さらに、自分から二つ目を聞いてきた。どんな条件でも呑む覚悟でいるのが伝わってくる。冬彦は百パーセント本気なのだ。

「おれには包み隠さずなんでも話すこと」

これも絶対に譲れなかった。自然と語調が強くなる。

「はい。佳人さんには、恥ずかしいことも悔しいことも、全部話すと約束します」

二つ目の条件にも冬彦は迷うことなく同意した。

これで本当に認めるしかなくなった。佳人は最後の躊躇いを振り払う。遥が知ったら怒るだろうが、その怒りは自分が受け止め、責任を取る。そう腹を括った。

「じゃあ、そういうことで」

佳人の言葉に、冬彦は「はい」と答え、頭を下げた。冬彦は約束を守る。それは僅かも疑っていなかった。

帰宅して、冬彦に無理せず休んでいるように言い、佳人は台所に行った。学校から連絡を受ける前に考えていた通り、今夜はチキン南蛮にすることにして、冷蔵庫から鶏肉を出す。

そこに、インターホンが鳴った。

「あ、僕出ます」

部屋着に着替えて二階から下りてきたところだった冬彦が来て、パネルのボタンを押して応答する。

こんな時間に誰だろうと訝しかったが、冬彦のクラスメートだった。

「保健室で一緒だった細川真理さんです。僕、うっかりしていて、制服を置いたまま帰ってきちゃってました」

「ああっ。そういえば、冬彦くん鞄は取ってきたけど、体操着のまま車に乗ったのに制服のことはおれも頭から消し飛んでたよ」

車内でも大切な相談をしていたので、思い出しもせず、今の今まで二人して失念していた。

「ごめんね、細川さん。わざわざ届けてくれて、ありがとう」

「さすがに制服ないと明日困ると思って」

真理ははにかんだ顔で言い、玄関先に立ったまま、制服の入った紙袋を冬彦に渡す。

冬彦は紙袋を受け取り、後方で見守っていた佳人を振り返る。

うちはかまわないよ、と佳人は頷いて見せた。

「よかったら上がっていく？」

真理は一瞬迷う表情になったが、佳人と視線が合うと気後れしたように目を伏せ、「ううん」と断った。

「遅くなったら親が心配するから、もう帰る」

「そうだね。もうすぐ七時になるし」

「……うん」

二人のやりとりを見ていると、なんとも初々《ういうい》しく、ぎこちなさが微笑ましい。

途中で佳人はそっと取り次ぎ横の茶の間に引っ込んだ。もしかして、おれ、お邪魔虫になってないか、と遅ればせながら気づいた。姿は隠れるが、話し声は聞こえる。

「黒澤くん、明日……」

「明日は休むつもり。大事をとって、病院で検査してくる」

「そっか。うん、それがいいね」

真理の声にはホッとした響きがあった。

「あのさ、細川さん」

冬彦が少しあらたまった調子になる。

「明後日は僕、いつも通りに登校すると思うけど、細川さんは皆の前で僕に無理に話しかけたりしないでいいから。皆と同じに振る舞って。今日気にかけてくれただけで十分だ」

「私、べつに無理してないよ」

真理は納得いかなそうだ。

佳人には冬彦の気持ちがよくわかり、中学生ながらいい男だなと感心しながら聞いていた。子供同士の会話に耳をすますなど、嫌がられることをしているのは承知だが、つい気になって、台所に戻れない。

「クラスの雰囲気に負けて、私まで皆と一緒になって黒澤くんを無視してたこと、すごく後悔してる。琢磨の子分たちが黒澤くんの机蹴ったりしてても何も言えなくて、クラス委員長なんてほんと名ばかりだった。もう逃げたくない。堂々と黒澤くんに話し掛ける」

「……わかった」

真理の気迫に圧倒されたのか、冬彦はそれ以上説得しようとしなかった。

「うん。じゃ、また明日……じゃない、明後日ね」

「駅まで送っていくよ」

「いい。何言ってるの。保健室行きになって親を呼ばれた人が」

「ええー、まぁ、それに反論の余地はないけど」

ここのところ二人の間にあったぎくしゃくしたものが、今の会話で失せたみたいに、屈託のないやりとりがポンポンと交わされる。

「そうだ、車庫の隅にママチャリがあるのが見えたんだけど、あれ黒澤くんの？」

「あれは佳人さんがたまに乗ってる。駅前まで買い物に行くときとか」

思いがけないところで自分の名前が出て、佳人はますますその場を離れ難くなった。フレームの、メーカー特有の水色が好きで、シティサイクルなら自分にも乗れるなと思ってこの夏買ったばかりのものだ。

「佳人さんって、めっちゃ綺麗な人だね」

真理は佳人の耳を憚るように、いきなり声を低めた。けれど、シンとした玄関ホールで話しているので、隣にいる佳人には余裕で聞き取れた。

「綺麗だし、優しいよ。それに、すごく強い人だなと思う」

冬彦の口からそんな言葉を聞かされると、心臓がドキドキする。そうか。そんなふうに思ってくれているのか、と嬉しかった。

「佳人さんに自転車借りて駅まで送るよ」

冬彦は話を戻した。佳人が近くにいるかもしれないと慮って、照れくさくなったのか、スンと鼻を軽く鳴らしていた。

「でも、やっぱり送ってくれなくていい。じゃあね。さよなら」

真理が軽やかに玄関を出ていく姿が目に浮かぶようだった。

冬彦も門扉《もんぴ》までついて出る。

佳人は廊下には出ず、茶の間と続きの食堂を抜け、台所に行った。

今度こそ、チキン南蛮作りに取り掛かる。今夜は遅めの夕食になりそうだ。遥にも、冬彦が学校で怪我をしたことだけはメッセージを送って伝えてある。会議中でさっき読んだ、と少し前に返信が来ていた。きっと心配して飛んで帰ってくるだろう。

タルタルソース用の玉ねぎを、目を痛めながら刻んでいると、冬彦が台所に姿を見せた。

「手伝うことありますか」

「ないよー」

できたら呼ぶから二階に行っていていいよ、と言ったのだが、冬彦は話したいことでもあるのか佳人の傍に居続ける。家に初めて来たクラスメートがあんな美少女で、何か言い訳しないと決まりが悪いのかもしれない。照れくさいのかなと思って、佳人から真理の話を振った。

「細川さん、責任感の強い子みたいだね。わざわざ忘れ物届けに来てくれるとか親切だ。冬彦くんのこと、すごく心配しているみたいだった」

「クラス委員長だからか、皆のこと気遣ってくれます。大江くんとは家が近所の幼馴染み同士らしくて、昔から知ってる分、今クラスが変になっていることを見て見ない振りできないようで」

「物静かで、おとなしそうだけど、ビシッと芯が通ってる気がした。しっかりしてるんだね。普段からよく話してるの？」

「一学期はそれなりに話してました。あ、でも、細川さんは誰に対しても態度を変えない人なので、僕だけに特別何かしてくれるとかじゃないです」

あくまでも、ただのクラスメートだと冬彦は強調する。確かに、表情にも態度にも動じた様子は窺えず、少なくとも冬彦のほうは友達以上の気持ちは抱いてなさそうだ。この手の話は、どこまで立ち入っていいか気を遣う。親代わりとしては、付き合っている人がいるのかいないのか把握しておきたいのが本音だが、自分がこの年齢の頃、親と彼女の話なんかになったら、気恥ずかしくて逃げていた記憶がある。頼むから放っておいてくれと思っていた。その経験を踏まえれば、あまりしつこく真理のことを聞くのは躊躇われた。

そろそろこの話題から離れようと思ったとき、冬彦が続けて口を開いた。

「細川さんは、男子からも女子からも好かれていて、人気があるんです。細川さんを嫌いな人はいないんじゃないかな。もちろん、僕もですけど」

「可愛くて綺麗で、性格もよくて、面倒見もいいってなったら、そりゃそうだろうね」

「優しいだけじゃなく、締めるところは締めて、厳しいときもあるんですよ。ピリッと辛口で、皆が怖がってる大江くんにも堂々と向かっていくし。勇気があってすごいと思ってます」

聞けば聞くほど魅力的だと感じる。佳人が中学生で、冬彦の立場だったなら、きっと真理を好きになっていただろう。遥と出会ってからは、遥以外は恋愛対象として考えられないが、中学生頃までは、いいなと思う相手はすべて女の子だった。

「大江くんも細川さんが好きなんだと思います。たぶん、ずっと前から。でも、性格的に素直になれないみたいだから、細川さんには伝わってないっぽいです。細川さん、小学校の頃は、大江くんにさんざん揶揄《からか》われて、何度も泣かされたと言ってました。本当に嫌だった、今も許してないところがある、って。細川さんも、大江くんが嫌いとまでは思ってない気がするんですが」

「小学生あるあるだね」

「佳人さんの初恋はいつでしたか」

「えっ、いきなり?」

参ったな、と佳人は苦笑する。

「小学四年生のときかなぁ。同じクラスにやっぱり細川さんみたいに目立つ可愛い子がいて、その子がまたなんでもできてね。憧れてた。学校外で偶然会えたり、道ですれ違ったりするたびにドキドキしてたよ。運動会のフォークダンスで手を繋ぐのが嬉しいやら恥ずかしいやらで」

樽見幸恵《たるみゆきえ》ちゃん、という名前だった。苗字が珍しかったのでよく覚えている。親が転勤の多い家の子で、五年生でクラスが変わってなかなか会えなくなり、残念がっていたら、いつのまにか転校していなくなっていた。

「冬彦くんは？」

「僕は昔から冷めまくっている、全然可愛げのない子だったので、初恋もめちゃくちゃ遅かったです。他人にあまり興味を持たないようにしていたこともあって」

冬彦はシングルマザーの母親に置いていかれ、少々癖のある祖父に育てられた。そのことが多少なりと影響を及ぼしているのか、他人との間に一線を引いて接するところがあって、初めて会ったときに佳人もそれを感じた。

「なので、初恋は、ごく最近です」

冬彦は言いづらそうに一語一語区切って言い、長めの睫毛をゆっくり瞬いた。

「じゃあ、今の学校で……？」

今し方、冬彦のプライベートに立ち入りすぎない、と自分で決めたばかりだったはずが、好奇心に負けて聞いてしまった。

「……じゃないです」

冬彦は佳人の顔をじっと見て、面映《おもは》ゆそうに、頬を僅かばかり上気させる。

この感じは、佳人も知っている人なのかも、という気がして、ふと、夏休みにオートキャンプをしたとき知り合った女の子の顔が浮かんだが、ピンポイントすぎて聞きづらく、ここは「わぁ」と目を見開くだけにしておいた。

ちょうどキッチンタイマーがピピピピと鳴りだしたため、話はここで切り上げになった。

結局冬彦に、ゆで上がった卵をフォークで潰すところからタルタルソース作りを任せ、佳人は鶏もも肉を処理して揚げるほうに回る。

明日は病院に行くよう強く求めたが、こうして一緒に台所に立ってみても体調に問題はないようで、ひとまず胸を撫で下ろす。

付け合わせのサラダと味噌汁を作っていると、遥が帰宅した。

「騎馬戦やっていて、下敷きになったそうだな」

遥は開口一番に冬彦の全身を見やって言う。いつも通りのそっけなさだが、冬彦の顔を見るまで遥がずっと心配していたことが、いつもより硬めの表情から察せられる。冬彦にもそれはちゃんと伝わったようだった。

「佳人にあまり心配をかけるな」

さらっと佳人の名前を出し、自分のことは口にしない。

遥らしいと思って佳人は傍で苦笑いした。そして、こちらをそっと窺ってきた冬彦に、約束は守るから、と視線に込めて返す。

イジメに関しては、先週冬彦に聞いて否定されたとき、遥にもその通りに話したばかりなので、実はそうではなかったと訂正しない限り、何も知らない遥が今日の事故をイジメと関連づけるこ

とはないだろう。

遥には、騎馬が崩れたのはただのアクシデントだったと説明した。

「そうか」

遥は突っ込んで聞いてこず、佳人はそれ以上嘘をつかずにすんで精神的に助かったが、果たして遥が佳人の言葉をそのまま信じたかどうかはわからない。とりあえず、冬彦と三人で夕飯の食卓を囲んでいる間は、腑に落ちていなそうな様子は見せなかった。

これも、冬彦が予想よりずっと軽傷ですんだからで、骨にヒビが入るなり、意識が戻るのに時間がかかるなりしていたなら、遥もこれほど冷静にしてはいられなかったと思われる。

「明日の午前中、冬彦くんを病院に連れていきますね」

「ああ。頼む」

風呂から上がって、月見台で少し涼むと言う遥に付き合い、二人でビールを一杯だけ飲みながら、佳人は学校に冬彦を迎えにいったときのことを話した。冬彦との約束を守って、イジメのことは伏せる。

「おれも冬彦くんも、きっと自分たちが思っていたより動揺していて、注意力散漫だったんでしょうね。クラスメートの女の子が冬彦くんの制服一式をうちまで持ってきてくれたときは、まず、自分の迂闊《うかつ》さに驚きましたよ。なんでこれを学校に置いてきたことに気づかなかったんだ、ありえないだろ、って」

佳人は喋りながらも自分に呆れていた。

「冬彦くんも、体操着を脱いで部屋着に着替えたのに、それでもまだ制服を持って帰ってきていないことに思い至ってなかった、信じられない、ってショックを受けてました」

「意外とある」

遥は洗ったばかりの髪を、月見台を吹き抜ける秋風に晒しながら、珍しくもなさそうに言う。

風呂上がりに着た浴衣が色っぽい。先月、皆で近所の神社の夏祭りに出掛けたときのことを思い出す。冬彦にも佳人の浴衣を貸して着せたのだ。貴史や東原とも合流して、楽しかった。

「冬彦くんにとっては、まだまだ一日一日が長いんでしょうけど、おれたち大人にはあっという間ですね。感覚的に」

「そうだな」

佳人は湯上がりにパジャマを着たので、月見台で体育座りをして、冷えたビールを少しずつ飲んでいる。傍にいる遥の周りだけがやたらと風流で、日本画でも観ている気分だ。遥には本当にこれが日常なんだなとあらためて思う。この優雅で典雅な佇まいが日常になるまでに、遥がどれほど苛烈な努力をしてきたか知っているだけに、気を緩めると涙が湧いてきそうになる。アルコールが入ると佳人は感情が昂りやすく、涙脆くなるようだ。

「制服を持ってきた同級生というのは、冬彦と仲がいいのか」

ふと思い出したように遥が聞いてくる。

「いいみたいですよ。まぁ、冬彦くん自身は、ただの友達って言ってましたが。細川さんのほうは、おれの勘では、かなり脈ありの気がしました」

「細川というのか」

遥は僅かに眉根を寄せ、何事か思案するように少しの間動きを止めていた。

「はい。細川真理さん。サラサラの黒髪を背中の中程まで伸ばした、色白の清楚な美少女でした。目が落ちそうなくらい大きくて」

「ほう」

もう遥は考え事をやめており、皮肉っぽく相槌を打って寄越《よこ》した。

「ずいぶん具体的だな。ひょっとして、おまえの好みもそういう感じなのか」

「えー、まさか」

遥にわざと言われていると承知で、佳人も笑いながら返す。

「おれの好みのタイプは遥さんだけです」

遥は何も反応しなかったが、微かに緩めた口元に、まんざらでもなく思っていることが表れていた。

5

佳人に付き添われて、遥の知り合いが勤務している大きな病院に行き、昨日の事故でどういう状況になったのか説明して必要な検査と診察を受けた。

午前の診察開始直後に着いて受付をすませたのだが、すでに待合室は患者で八割方埋まっており、最初に呼ばれるまで一時間半待たされた。その後も検査をしては待たされ、また別の検査をしては待たされ、昼休みで待たされ、先生に結果を聞くために待たされ、といった具合で、病院を出たのは午後三時過ぎだった。

「でも、なんともないとわかって安心したよ。明日からは学校に行っていいよ。ただし、くれぐれも無理は禁物。いい？」

帰りの車の中で佳人が明るい顔を見せてくれたのが救いだ。

「遥さんにも知らせておくね。今日帰り遅いらしい。下手したら午前様かもしれないってさ。晩ごはん二人だけどどうする？　いったん家に戻って、夕方どこかに食事に出てもいいよ」

「うーん、どうしようかな。とりあえず帰ってから決めていいですか」

「もちろん。おれは本当にどっちでもいいんだ。メニューさえ決まっていれば、料理作るのは苦じゃないし。慣れると面白くなってきたんだよね。数年前までは包丁に触ったこともほとんどなかったんだけど」

「僕も祖父に教えてもらった料理だったら何品か作れます。そうだ、佳人さんさえよければ、今日は僕が作りますよ。居酒屋メニューになりますけど」

「えっ、おれ、『伯仲《はくちゅう》』の料理大好きだったよ。揚げ出し豆腐とかだし巻き玉子とか」

「はい。そういうのならできます。あと、レンコンの挟み焼きとか」

わぁ、と佳人が嬉しげな声を出す。冬彦まで気分が上がってくる。

「だけど、受験勉強する時間を減らさせるのはまずいような」

「今日はもう病院で消耗しきってライフゼロです。明日からまた、勉強も体育祭の練習もがんばります。佳人さんもくたびれたんじゃないですか」

病院では冬彦以上に待たされ続け、行きと帰りの運転までしてくれている。仕事も滞《とどこお》らせているはずだ。迷惑をかけて申し訳なかったので、せめて何か冬彦にできることをしたい。料理で喜ばせられるならお安い御用だ。

「僕、直近の全国模試の偏差値だと、希望校の合格判定Aなんで、今日一日休んでもたぶん挽回できます。っていうか、挽回します」

冬彦がきっぱり言うと、A判定なのは元々承知している佳人も、「……そうだね」と少し気を楽にしたらしく、生き生きした瞳に茶目っ気を覗かせてにこっと笑いかけてきた。

「よし。じゃあ、おれも手伝う。今夜は二人で居酒屋メニューにしよう」

遥が知ったら絶対にむすっとしそうだが、佳人が遥のものであり、佳人が好きなのは遥だけなのは明らかだ。どんなに冬彦が背伸びしたところで遥に勝てるはずもないので、たぶん許してくれるだろう。

ましてや、佳人は、冬彦の初恋が自分だとは露《つゆ》ほども思っていないようで、昨日も暖簾《のれん》に腕押し感が半端なかった。とにかく相手が悪すぎる。遥に勝てる人間は、男であれ女であれ、そうそういないだろう。たとえ冬彦が遥と同年輩だったとしても、佳人は遥を選ぶに違いない。二人が惹かれ合うのは、最初から決まっていたことで、何度生まれ変わったとしても、出会って一緒になる運命な気がするのだ。

スーパーマーケットに寄って、今晩作る居酒屋メニューに必要な食材を買い、帰宅したらもう五時だった。

「お茶でも飲んで一休みしてからにしようか」

「はい」

お湯が沸騰《ふっとう》するのを待つ間、明日封切りの映画の話をした。冬彦も観たいと思っていた日本映画で、著名な現代文学の巨匠が書いた作品を映像化したものだ。普段それほど映画を観ない佳人も、これは観ておきたいと言う。遥も誘って三人で行こう、と計画を立てるうちにケトルが蒸気を上げ始める。

佳人がコンロの火を止めに立つと、今度はインターホンが鳴った。

「誰かな」

最近、予期しない訪問者が多いなぁと、佳人がどこか憂鬱《ゆううつ》そうな顔をする。

佳人にしては珍しい。何か嫌なことでもあったのだろうか。

「出ますね」

昨日と同じ形になって、なんだか時間が巻き戻ったような奇妙な感じがした。むろん、ただのデジャヴみたいなものだが、そのせいもあって、モニターを見る前から、もしかしてという予感があった。

やっぱり、だった。

「細川さんです」

応答する前に佳人に知らせる。

ああ、なんだ、と佳人は安堵の溜息を洩らし、表情を晴れやかにした。

『黒澤くん？　連日ごめんね。今日配られたプリントと、授業のノートのコピー、持ってきたんだけど』

「こっちこそ、ごめん。また手間かけさせちゃって」

門扉を解錠し、玄関の引き戸を開けて真理を迎え入れる。

「頼まれてもないのに迷惑かなと思ったんだけど、検査の結果、どうだったか気になって。明日もし学校に来られるなら、数学の小テストをやるって急に先生が言い出したんで、このプリントやっておいたほうがいいよ」

「ありがとう」

差し出されたプリントとコピーを受け取り、礼を言う。

「今日はもう放課後の練習終わったの？」

「うん。男女一緒に組体操の型を一通りやって、早めに解散になった。たぶん、昨日の事故のことで先生たちもちょっとピリピリしてた。騎馬戦もプログラムから外されることはなさそうだけど、今度何かあったらアウトみたい。三年の男子たち、やりたがってる人のほうが圧倒的に多いから、中止になったら……また冬彦くんに対する風当たりがきつくなりそうで、心配」

もしかすると、それで真理は様子を見にきてくれたのかもしれない。どこか憔悴《しょうすい》したような、神経を張り詰めさせた雰囲気で、顔色も悪い。

「今ちょうど、紅茶を淹れていたところなんだ。少し上がっていかない？」

このまま帰らせるのは躊躇われ、誘ってみた。

真理は肩に掛けたトートバッグの上辺を無意識のしぐさのように手で押さえ、取り次ぎの正面の全面ガラス窓から見通せる中庭に視線を向ける。外はそろそろ暗くなりかける頃だ。あと三十分もすれば日没で、真理はそれを気にしているのかと冬彦は思った。

「ごめん、やっぱり帰る」

もう一度トートバッグの縁をぎゅっと摑んで、真理は迷いを振り払うように遠慮する。

「おうちの人、いるんでしょ？」

ちら、と取り次ぎの左右に視線を動かし、低い声で聞く。もしかすると、真理は佳人が苦手なのかな、とふと思った。自分はそんなふうに感じたことがないのでピンと来ないのだが、人によっては佳人の﨟長《ろうた》けた美貌に気圧されて、落ち着けなかったり、緊張したりすることもあるかもしれない。

うん、と冬彦が頷くと、真理は弁解がましい笑みを浮かべ、目を伏せた。

「じゃ、また明日。私、もう冬彦くんに気づいてない振りとかしないから」

「細川さん。無理しなくていいから。本当に」

「してないよ。さよなら」

最後は快活な声で言い、真理はくるりと華麗にターンして冬彦に背中を向け、引き戸を開けて出て行った。

長い黒髪が、動きに合わせてサラサラと揺れる。

うっかり見惚れていた隙に、真理はアプローチを足早に抜けて、門扉を外から閉めていた。

庭の途中まで慌てて出た冬彦は、真理に「バイバイ」と手を振られ、その場で見送った。

「細川さん、帰ったの？」

台所で、温めたカップに淹れたばかりの紅茶を注いでいた佳人が、残念そうに聞いてくる。

「はい。……学校のこと以外にも、家で何かごたついてるようなことを昨日言っていたので、僕にだけかかずらわっているわけにはいかないのかもしれません」

「そうだったんだ。それなのに昨日も今日も来てくれて申し訳ないね」

おそらく真理は、今自分まで関わるのをやめたら、冬彦が本当にクラスから孤立しかねないと慮り、最寄駅が違っても家まで来てくれているのだろう。真理の勇気と行動力、なによりも思いやりに頭が下がる思いだ。

たぶん、そんなことはないと思うが、もし真理に何か起きて、窮地に陥《おちい》るようなことがあれば、そのときは冬彦が全力で助ける。そう心に誓った。

佳人と茶の間で紅茶を飲みながら、冬彦が祖父から習った料理の味付けの仕方を話していると、急に表が騒がしくなった気がした。

広めの庭と高い塀に囲まれているので、外の物音が家の中まで聞こえてくることはめったにない。どうやら敷地の一角の、車三台駐められる駐車スペース辺りに人が集まっているようだ。そこなら家屋に近いので、話し声も通りやすい。

「なんだろう」

行ってみよう、と佳人が弾かれたように座卓を立つ。

冬彦も後を追って外に出た。胸騒ぎがする。嫌な予感がして動悸が治まらなかった。

門扉を開けて家の前の生活路に出る。

「あっ！　黒澤さんっ！　大変よ！」

近所の主婦が佳人を見た途端声を張り、こっち、こっち、と腕を振る。

車庫の周囲に十人ほどが集まってきていた。

走っていく佳人を追って、車庫を覗く。

自転車のサドルから煙が上がっていた。燃えている。

思わず息を呑み、その場に立ち尽くした。

車庫には普段電動式のシャッターを下ろしているのだが、今日に限っては、先ほど病院から戻った際にうっかり閉め忘れたようだ。そういえば、最後にリモコンの操作をしなかったのを、今になって思い出す。そのため、誰でも簡単に忍び込める状態だったのだ。

佳人が車庫の端に置いてあるシティサイクルに駆け寄り、躊躇いもなくパーカーを脱ぐ。下にTシャツを着ていたので衆目に裸を晒す事態にはならず、冬彦は遥の分も胸を撫で下ろした。

佳人がサドルをパーカーで叩いているところに、隣家の住人が自宅から小型の消化器を持ってきた。冬彦たちが駆けつけるより早く、取りに行ってくれていたようだ。

冬彦は、いざというとき体が動かず、何もできなかった自分が腑甲斐《ふがい》なかった。日頃はそこまで意識していない佳人との年齢差、経験値の違いを痛感する。

幸い、火はすぐに消し止められた。

誰かがすでに消防に通報しており、消防隊が来て、現場検証が始まる。

集まっていた人々は、鎮火と同時に一人、また一人、といった感じで立ち去っていく。

何気なくその様子を見ていた冬彦は、斜向かいの角の家の塀に隠れ、こちらを窺っている人物に気がついた。

あれは……大江琢磨？　なぜここに琢磨がいるのかわからず、見間違いかと思って目を凝らしたら、向こうも冬彦が見ていることに気づき、いきなり走って逃げだした。

間違いない。琢磨だ。制服のズボンを穿《は》いた大柄な後ろ姿がまさしくで、確信する。

火事との関連を疑いたくはないが、どうして隠れて見ていたのか、ここで何をしていたのか聞かねば納得できない。しかし、足の速さでは琢磨に敵わず、大通りに出たところで見失ってしまった。駅のある左に行ったのは見たが、冬彦が追いついたときにはもうどこかに消えていて、追跡しようがなかった。

仕方なく家に引き返したが、頭の中は疑念と不安でいっぱいだ。

まさかとは思うが、佳人の真新しいシティサイクルに火をつけて小火《ぼや》を起こしたのは、琢磨なのか。いや、いくらなんでも、中学生がそこまでするだろうか。これは学校内でのイジメとは明らかに質が違う。あの自転車は冬彦のものではないし、仮にそれを知らなかったのだとしても、他人の家に置いてある物に放火するのは、教科書を破ったり、シューズを隠したりするのとは別次元の犯罪だ。やるほうにも並々ならぬ覚悟か、もしくは動機が必要なのではないだろうか。

佳人と顔を合わせるのが怖くもあって、冬彦の足取りは鈍くなる。

冬彦が家から離れたことに、消防隊員から話を聞かれていた佳人はまだ気づいていないかもしれないが、ここまでの事態になると、琢磨がいたことを黙っていていいのか迷う。

第一、冬彦は佳人に、なんでも話すと約束した。約束を破れば、敬愛している大切な人の信頼を失うことになる。それだけは避けたい。

やはり、話すしかない。冬彦は意を決した。

その上で、明日絶対に学校で琢磨を捕まえ、話をする。子分を使って冬彦に繰り返している嫌がらせの真意についても、もはやうやむやにはしておけない気持ちだ。

冬彦はずっと、逃げも隠れもしない代わりに、何事もなかったかのように受け流すことで立ち向かうのを避けてきた。他人が同じ目に遭っていたなら、黙って見ているのはきついし、気分が悪いが、自分が受ける分には耐えられる。争えばますますエスカレートするのは経験上知っており、とにかく面倒だ。琢磨は医学部に内部進学できる制度のある附属高校を狙っているという噂なので、冬彦とは進路が違う。あと半年辛抱すれば卒業して終わりになると思えば、我慢するほうが冬彦にとっては楽だった。

だが、状況が変わった。

家の前まで戻ってくると、野次馬はほぼ消えていて、消防隊員らが道路に出した自転車と、車庫の状態を綿密に調べているところだった。傍で、佳人と、消化器を持ってきてくれた隣家の住人が、先ほどと変わらず、まだ消防隊員に話を聞かれている。第一発見者は、黒澤家の前を通りかかったこの隣家の住人らしい。最初はサドルの革が焼ける匂いに気づき、不審に思って匂いの元を辿ったら、車庫で燻《くすぶ》っている自転車を見つけたという。

「不審な人物ですか。いえ、見ていません」

隣家のご主人が首を横に振る。

冬彦は、佳人の顔色が青ざめているのが気になって、傍に行った。

「大丈夫ですか」

「あ、冬彦くん。……うん、まぁ、なんとか」

佳人はいつになく歯切れが悪い。一歩間違えば大事になっていたかもしれない出来事の直後で動揺しているのはわかるが、なんとなくそれだけではない気がして、心配が増す。こういう日に遥の帰りが午前様になりそうだというのは、なんとも間が悪い。かといって、佳人は絶対にこの程度では遥に連絡しないとわかっている。及ばずながら、冬彦ができるだけ佳人の負担を軽くするよう努めるつもりだった。

「あとで、ちょっと話したいことが」

冬彦が小声で言うと、佳人は目を瞠《みは》り、冬彦を見上げて、硬い表情で頷いた。

＊

自転車のサドルから煙が出ているのを見たとき、佳人は一瞬頭が真っ白になった。

ついにここまで嫌がらせがエスカレートしたのか、と恐怖を感じた。

茫然自失《ぼうぜんじしつ》に近い状態だったにもかかわらず、自転車の隣に遥の愛車が駐まっているのが目に入った途端、考えるより先に体が動いていた。

我ながらよくやったと思う。

人目も憚らず服を脱ぎ、無我夢中でサドルに叩きつけていた。恥ずかしながら消化器のことは忘れており、隣家のご主人が持ってきてくれたのを見て、ああ、と気がつく体たらくだった。それでも、なんとか消防隊の到着前にほぼ鎮火できていたので、よしとしていいだろう。

どうしてシャッターを下ろしておかなかったのか。自分が犯した失態に落ち込む。

疲れていた、早く家に入りたかった、言い訳はいくらでも考えつくが、ここ三週間近く何度も何度もおかしな出来事が起きていて、警戒していた矢先なだけに、後悔してもし切れない。

怪我人がなく、燃えたのはサドルだけで、壁にも車にも被害が及ばなかったのが救いだ。

出前の偽注文、ゴミ袋の切り裂き、新聞の水濡れと続き、次はまたゴミの被害に遭った。貴史に相談した次の日だ。前回より悪意が剝《む》き出しになっていて、なんと、早朝に出したゴミ袋をいったん盗み、どこかで中身を調べて、二重、三重に包んで捨てていた夜使うものを、透明なビニール袋に入れ直して郵便受けに投げ込まれていたのだ。見つけたときは、気色悪さに叫び声を上げてしまった。冬彦に知られなくて本当によかったと思う。

次はもう警察に届けたほうがいいかもしれません、と貴史にも深刻な声で言われたが、その後ピタッと異変が起きなくなって、もしかすると、佳人が叫び声を上げたのをどこかで聞いていて、それで満足したのかもしれないと考えだした矢先、この小火騒ぎが起きたのだ。

気を緩めかけたところで、それまでは軽犯罪止まりだった行為が、いきなり放火にまで犯罪レベルが上がり、己の読みの甘さを思い知らされると同時に、家族に万一のことがあったらと本気で恐ろしくなった。

現場検証が終わり、消防隊が引き揚げて、ようやく家の中で一息つけても、どうしようもなく気持ちが塞いだままで、食欲も湧かなかった。

「ごめん、今夜はデリバリー頼んでいい？　冬彦くんと居酒屋メニュー作って食べるの楽しみにしていたんだけど、ちょっと、無理っぽい」

「はい。それはまた別の日に。僕も胸が痞《つか》えたみたいになっていて……なんか、いっぱいいっぱいです」

「あ、そうだ。話があるって言ってたね。……どうしたの？」

冬彦の緊張して強張った面持ちを見れば、いい話でないことは予測がつく。正直、まだ何か悪いことがあるのかと思うと、今は聞きたくない気持ちに駆られたが、なんでも話すように約束させたのは佳人だ。聞かないわけにはいかなかった。小火と関係があることなら、このあと貴史に電話で相談する際、それも併せて報告しなければいけない。

「実は、小火騒ぎを見ていた人の中に、大江くんがいたんです」

「大江くんって、例のイジメの主犯格と思《おぼ》しき子だよね」

冬彦の口から意外な名前が出てきて、佳人は混乱する。どういうことだ。

小火があったとき、琢磨が現場近くにいた――それが意味することはなんなのか。事態がますます混沌を極め、誰の思惑がどう絡んでいるのか、一度整理して考え直さないと、何が何だかわからなくなりつつある。

「ここで何をしていたのか聞こうと思って追いかけたんですが、見失いました」

すみません、と冬彦は面目なさそうに俯く。

そして、俯いたまま、言いにくそうに覇気のない声で続ける。

「自転車に火をつけたの、もしかしたら、大江くんかもしれません。……僕に対するイジメの一環でやったことが、予想外の騒ぎになって、本人もビビって逃げたのかもしれないなと」

「え、えっと、ちょっと待って」

ひょっとしたら一連の嫌がらせは子供の仕業かもしれない、という可能性については貴史とも話していたが、まさかという気持ちが勝っていた。

殊に今回の件は、冬彦が学校で受けているイジメと関連しているとは考えもしておらず、当惑を隠せない。冬彦は黒澤家で立て続けに起きた嫌がらせを知らないから、琢磨を見かけて、小火は自分へのイジメの延長で起きた事件だと考えたのだろうが、さすがにちょっと飛躍しすぎの気がする。それより、佳人が抱え込んでいる嫌がらせと結びつけたほうがまだあり得るのではないか。

ともかく、琢磨の行動と、黒澤家で起きた事件を擦り合わせてみれば、今まで起きたことが琢磨や、彼の子分たちにできることだったかどうかわかる。この際なので、冬彦に、黒澤家が受けた嫌がらせの数々を話し、二人で検証してみることにした。

「出前、ゴミ、新聞、ゴミ……、燃えるゴミは火曜と金曜に収集されるけれど、今まで火曜日に何か起きたことはなく、ゴミの嫌がらせは二回とも金曜日なんですね」

「そうなんだ。だから貴史さんとも犯人の行動パターンに関していろいろ推理した。出前と新聞はどっちも水曜だったんだよね。これは水曜と金曜に自由に動ける、つまり、仕事が休みの人なんじゃないかとか、遅出か夜勤の日なのかもしれないとか」

「あれ、でも、今日は木曜です」

「うん。初めてのケースだ。ひょっとすると、曜日はあまり関係ないのかもしれない。貴史さんにそう言おうと思っていたところだった」

加えて、中学生の可能性も考慮するとなると、さらに検討し直す必要がありそうだ。

「佳人さん、ゴミはいつも何時頃出してるんですか」

「八時くらいかな。この辺り、収集車が来るの十時過ぎなんだ」

「だとすれば、少なくともゴミについては、大江くんたちの仕業じゃないですね」

冬彦は思慮深い眼差しで佳人を見て断言する。

「できればおれもそうであってほしいと思ってた」

二度目にゴミでされた屈辱的すぎる嫌がらせを脳裏に浮かべ、あれをやったのが中学生だとは絶対に考えたくなかったので、冬彦に否定してもらって心底安堵した。

「金曜は英語の補習授業が朝あるんですけど、大江くん、どっちの日も僕より早く教室に来ていました。いつも一緒にいる子たちも皆いました。間違いありません」

「おれはね、うちへの嫌がらせは大人の仕業だと思ってる。小火の件も含めてなんだけど」

「小火についてだけは、僕はまだ、大江くんがしたことじゃないと言い切れないというか、信じられないんです」

冬彦は頑なというより、公平性を捨てずに慎重になっている感じだった。

「明日やっぱり学校で大江くんと話をします」

揺るぎのない口調で言った冬彦に、佳人は躊躇いを払い除けて頷く。

「わかった。でも、万一に備えて、危険を感じたら誰かにすぐ駆けつけてもらえるようにしておくこと。先生でも、イジメに加担していない剣道部の後輩とかでもいい。とにかく誰かに自分の所在を知らせておいて、戻ってこないときは見に来てもらうとか対策してほしい」

自分でも心配しすぎかもしれないと思いつつ、言うだけ言っておかないと、気持ちが落ち着かず、明日一日心配で何も手につかなそうだったので、細かくアドバイスした。

「佳人さんに心配かけないようにします。約束は守ります」

「そうだね。そこは信用してる」

冬彦にしてみれば、琢磨を小火騒ぎの最中に見たのは、相当ショックだったと思う。いろいろ考え、悩んだのではないだろうか。もしかしたら、佳人には言いたくなかったかもしれない。だが、ちゃんと話してくれた。そんな冬彦を信じない理由はない。

話が一段落したところで、夕飯に鰻重《うなじゅう》を取って食べた。

食事を終えると冬彦は風呂に入りに行き、佳人は二階の仕事部屋で貴史に電話をかけた。

貴史はまだ事務所で、千羽は定時で帰ったので、今一人でいると言う。『ちょうど佳人さんに調査結果を報告しようと思っていたところです』とのことだった。

佳人はまず、先ほど起きた小火騒ぎについて貴史に話した。

『いよいよまずい感じになってきましたね』

話を一通り聞いた貴史は、事態を深刻に捉えたようだった。

『また今日みたいなことが起きたら、迷わず警察に行ってください。個人で対処できる段階ではなくなってきていますから』

「ですよね。さすがにもう遥さんにも黙っていられないので、今夜話します。下手したら零時過ぎになるらしいんですが、一刻の猶予もない気がしてきました」

『ええ。今夜のうちに話したほうがいいです』

貴史にきっぱり言われ、佳人は心強かった。

「それで、貴史さんのほうで何かわかったことはありますか」

『それが、調査はあまり芳《かんば》しくなく、たいしたご報告はできそうになくて、申し訳ないです』

本題に入るや、貴史は先に謝ってきた。

嫌がらせのことを話して、貴史が調べてみますと引き受けてくれたのが一週間前のことだ。成果はあまりなかったと貴史は言うが、詳しく聞くと、全く何も摑めなかったわけではなく、本業の片手間とは思えないほど動き回って調べてくれたことがわかった。

『この一週間、根気強く聞き込みしたら、黒澤家の周囲で不審な人物を見かけたという方四人に話が聞けました。実際に嫌がらせ行為をしているところを見た人には一人も行き当たらず、四人が目撃したのは、なんとなく素振りや佇まいが怪しくて記憶に残った人、です』

「やっぱり、そういう人がうちの周辺に出没していたんですね」

それだけでも気持ち悪いし、怖い。自分たちはまだしも、冬彦を狙われたらと思うとゾッとする。今日のことで、相手が黒澤家に危害を加えようとしていることがはっきりした。悪戯レベルの悪ふざけとはもはや考えられない。今後何かされたら、見過ごすつもりはなかった。

冬彦はイジメと関係があるのではないかと心配していたが、佳人はそうは思わない。琢磨が小火騒ぎのとき黒澤家の近くにいたのは、何か別の理由があってのことだろう。少なくとも、琢磨が嫌がらせをしていた犯人でないことは確かだ。冬彦自身が琢磨のアリバイを証明した。

「でも、目撃した人が四人もいるのに、その人物に繋がる手掛かりはないんですか」

佳人は携帯電話を手にして、首を傾げる。

『僕ももう少し情報が集まるかと期待したんですが、聞けば聞くほど犯人像がぼやけると言いますか』

貴史も困惑しているようだ。

『最も早い目撃時期は先月の二十五日でした。そこから今月の頭にかけて、いずれも日没後に黒澤家付近をぐるぐる歩き回っている姿を見たそうです。おそらくこのときに地域のゴミ出しや、黒澤家の様子を観察したんでしょう。四人のうち三人までが先月見かけたと言っていて、今月頭に見たのは一人だけです。最初の宅配ピザ事件が起きる前でした』

「じゃあ、実行するときは本当に誰にも見られない時間を狙って、一瞬でやって、逃げたってことですね。そのための下見をしていたってことですよね」

『ええ、おそらく』

そこまでする執念に軽く震えが走る。いったい何が目的なのか、さらに謎が深まった。

『不審者の風貌についてですが、目撃証言で共通しているのは、つばのある帽子を目深に被っていて、男とも女とも判断がつかない体型だということでした。髪は帽子の中に入れていて、俯いて歩いているので顔は見えない。身長は、百六十くらいだったという人もいれば、七十近かったという人もいました。ヒールなどで調整して、変えていたんだと思います』

「正体がバレないように徹底していますね。そういえば、デリバリーピザの電話注文を受けた担当者も、性別、年齢どちらも不詳と言ってましたね」

確かにこれでは何もわからない。

『今日起きた小火騒ぎで、警察が放火犯を特定するために防犯カメラ映像をチェックするでしょう。そこに犯人と思しき人物が映っていれば解決に向かって一歩前進すると思います』

ただ、と貴史は声を暗くする。

『黒澤家の周辺には、防犯カメラを設置している家が意外に少ないんですよ。黒澤家も付けてないでしょう？』

「ないですね」

黒澤家周辺はいわゆる高級住宅街ではいないが、そこそこ大きな一戸建てが立ち並ぶ区域で、環境は悪くない。犯罪発生率も低く、これまであまり問題が起きたことがなかったのと、築十年以上の家が多くて、建てたとき防犯カメラを設置することが一般的ではなかったため、今も少ないままらしい。

遥などは、遣り手の実業家という側面からだけでも、もう少し警戒して防犯対策をしてもよさそうな気がするが、以前は東原が自分の部下に遥を陰から護衛させていたようだし、佳人の前の秘書は運転手兼ボディガードでもあった強者《つわもの》だったので、必要性を感じなかったのだろう。

「期待薄ですか」

佳人は嘆息した。

「そもそも、こういうことをされる理由も目的もわからないので、誰の仕業なのか絞り込みようがないんですよね。でも、今日の小火騒ぎで、これは何か相当な恨みを抱かれているのかと思えてきました。逆恨みされているとかだと、こっちは与《あずか》り知らないってこともあり得ますが、もしかしたら、遥さんは何か気づくかもしれません。ああ、こんなことになるなら、もっと早く相談するんでした」

それもあって、今夜のうちに遥と話すことにしたのだ。仕事で疲れて帰ってくる遥を、遅くまで寝かせずに煩わせるのは心苦しいが、小火の話をすれば、なぜもっと早く俺に言わなかった、と怒るくらいだろう。

『今回は、あまりお役に立てなくて、すみません』

「何言ってるんですか。十分ですよ、貴史さん」

佳人は貴史に心から礼を言い、近いうちにまた会いましょうと約束して電話を切った。

貴史と話している間に、風呂から上がった冬彦が二階の自室に入っていく足音が聞こえた。これから受験勉強をするのだろう。

邪魔しないように静かに階段を下り、佳人も入浴する。

湯船に浸かっている間も、夏頃何か恨みを買うようなことをしただろうか、とずっと記憶を反《はん》芻《すう》していて、すっかりのぼせてしまった。

考えても思い当たることはない。けれど、知らないうちに誰かを傷つけていることも、ないとは言い切れない。結局、答えは見つからず、あとはもう、遥の帰りを待つしかなかった。

何もしていないと眠ってしまいそうだったので、茶の間でコーヒーを飲みながら、録画していた海外ドラマを観る。

原作ミステリが大評判で、それを英国の放送局がドラマ化した作品だ。各話約一時間、全六話構成で、三話目を観ているとき、遥がようやく帰宅した。

「遥さん。お帰りなさい」

テレビを消して、玄関ホールに出迎えにいく。

スリッパに履き替えたところだった遥は、形のいい眉をツッと顰め、「起きていたのか」と仏頂面をする。

「遅くなるから先に寝てろと言っただろうが」

「大事な話があるんです」

佳人は真剣な表情で遥を見る。

只事《ただごと》でない雰囲気だと遥も察したらしく、風呂も着替えも後回しにして茶の間に向かう。

座卓に、角を挟んで二辺に着く。正面ではなく横から相手の顔を見る形が、佳人は一番落ち着いて話せる。遥も同様のようだ。

「実は、遥さんに黙っていたことがあります」

佳人は最初に嫌がらせが起きた今月初旬のことから、小火騒ぎに至るまで、順序立てて話しだした。迷ったが、冬彦の同窓生が家の近くにいた事実を、冬彦が抱いている疑惑と結びつけるには、学校で起こっているイジメ問題に触れないわけにはいかず、これについても話した。冬彦と交わした、遥には内緒にする約束を守れなかったが、冬彦はきっとわかってくれるだろう。

遥はほとんど口を挟まず聞いていた。

黙っていたことを責められるかと覚悟していたが、佳人の性格をわかっているからか、一度ジロリと睨まれただけで、叱られはしなかった。それより、やはり小火の件を問題視し、しばらく険しい顔つきで考え込んでいた。

「遥さんは、どう思います？」

頃合いを見て、遥がフッと一つ息を洩らしたときに聞いてみる。

「こっちの話の前に、冬彦を率先して苛めている大江琢磨という同級生のことだが。冬彦を標的にするようになったきっかけはやきもちで、女生徒が冬彦を庇ってそいつを非難したのが気に食わなかったから、なんだな」

「はい。冬彦くんははっきりとは言いませんでしたけど、客観的に見て、そういうことで間違いないと思います」

遥が何に引っ掛かってこんな確認をするのか、佳人には今ひとつわからなかったが、遥が佳人の知らないことを知っていて、起きたこととその知り得たことを紐づけるために、もっと情報が必要なのだということは察せられた。

「大江総合病院の院長の三男で、女生徒とは小学校からの幼馴染みか」

「はい。そう聞いてます。幼馴染みの女の子は、前にも話した細川真理ちゃんです」

「……そうか」

そこでまた遥は唇を引き結び、先ほどより長い時間思案しだした。

「何か、飲みます？」

控えめに伺いを立てる。

遥は「ああ」と短く答え、座椅子から腰を上げた。

「少し調べ物をする。書斎にコーヒーを持ってきてくれるか」

「はい」

書斎に行く遥を見送り、佳人は台所でコーヒーをドリップした。

真夜中だが、丁寧に心を込めて、濃いめのブレンドコーヒーを淹れる。

トレーにカップを載せて書斎に運ぶと、遥は両袖机に着いて、インターネットで経済関係の記事を読み耽《ふけ》っていた。

そっと傍にカップを置く。

「佳人。おまえはもう寝ろ」

一体型デスクトップパソコンのモニター画面を見据えたまま、そっけなく言われる。

「調べもの、時間かかりそうですか。手伝うことがあれば、やりますよ」

「ない」

間髪《かんはつ》容《い》れずにぴしゃりと突っぱねられる。

軽く凹《へこ》んだが、よくあることだ。気を取り直し、素直に引き下がった。

「わかりました。先に寝ます。遥さんも無理しないでください」

そう言って、しばらく待ったが、遥から返事はない。

「じゃあ、おやすみなさい」

諦めて、就寝の挨拶をして遥の傍を離れようとしたとき、遥がおもむろに口を開いた。

「ゆっくり休め。今日はいろいろ大変だっただろう」

ありがたいと思っている——続けて低く抑えた声で言われ、歓喜で体が軽くなる。

心臓が鼓動を速め、幸せな気持ちになって、すっかり高揚してしまい、こんな状態で寝られるだろうかと心配になった。

けれど、それは杞憂で、佳人は本当に疲労困憊していたらしく、ベッドに入って枕に頭を預けたら、秒で寝息を立てていた。

6

大事をとって休んだ翌日、いつものように三年二組の教室に入っていくと、冬彦《ふゆひこ》が自分から挨《あい》拶《さつ》をする前に、教壇の近くにいた真理《まり》がよく通る声で話し掛けてくれた。

「おはよう、黒澤《くろさわ》くん」

あちらこちらで、木の葉が風を受けて擦れ合うようにサワサワとしていた喋《しゃべ》り声が、潮が引くように止む。

地雷を踏んだような怯えと緊張が教室中に広がり、不穏な雰囲気の沈黙が下りる。

窓際の席に怠そうに座っている琢磨《たくま》の機嫌を伺うかのように、兢々と視線を向ける者。真理を感嘆と賞賛を込めて見つめる者。冬彦に好奇心や安堵、揶揄《やゆ》する気持ちなどを各々感じているらしい者たち。さらには、微妙な表情で我関せずと逃げる者ら。さまざまな反応が一緒くたになり、誰も彼もが戸惑って、どうすればいいのかわからなくなったような空気に包まれる。

実際の時間にすれば、皆が同様に固まっていたのは僅かな間だった。

「おはよう」

冬彦の一言で、時計の針が再び動きだした感がある。

と同時に、それまで行き場をなくして滞《とどこお》り、濁って足首に纏わりつき、誰も彼もを動きづらくさせていた澱んだ川が、ようやく元のように流れ出した気がした。まだぎこちないが、確実にさっきまでとは流れが変わったのを肌で感じる。

先ほどまでより心なしかクラスの雰囲気が和《なご》やかになった気がする。皆の表情が緩み、話し声に快活さが増した。悪い夢から覚めたような解放感が広がり、全体のムードを変えたようだ。

意外にも、琢磨は不穏な空気を撒き散らさず、黙って成り行きを見ているだけだった。

琢磨の様子がいつもと違うことに、子分たちも困惑しているようだ。顔を見合わせ、やりづらそうにする。真理と冬彦によってぎくしゃくした空気が薄れた状況を受け入れていいのか、琢磨の意思を測りかねているらしい。下手なことをして機嫌を損ね、制裁されてはたまらないと恐れているのだろう。どっちつかずの態度でちらちらと琢磨を窺い、ヒソヒソ囁き交わしている。中には、琢磨が何も言わず、動かないことに不満を感じ、チッと面白くなさそうに舌打ちする者もいた。子分たちにもそれぞれの思惑があり、琢磨を慕って傍《そば》にいる者ばかりではないことが、あらためて浮き彫りになったようだ。

真理の傍には仲のいい女子二人がいて、「あんたはもう」「勇気あるよー」などと言われていた。冷やかすように何事か耳打ちされ「違うって」と否定しつつ顔を赤らめる。

ここで冬彦が近づいていって真理に話し掛けたら、憶測をされ、あらぬ誤解を生みかねない。琢磨も今度こそキレるかもしれず、礼を言いたいのはやまやまだが別の機会にすることにした。

今日なら琢磨と話ができそうな気がするのだ。琢磨のほうも、昨日黒澤家の近くにいたことに関して何か言いたいことがあるように思え、このチャンスを逃したくなかった。

真理が友達に「じゃ、あとでまた」と手を振り、自分の机に向かう。

席に着いて授業を受ける準備をしていた冬彦が顔を上げると、真理が歩きながらこちらを見ていて、目が合った。

さっきはありがとう、と眼差《まなざ》しに込めて伝える。

真理は小さく頷《うなず》き、すぐに視線を逸《そ》らした。

さっきと比べて元気がなくなっているようで、冬彦は気になった。もしかすると、あの声掛けはものすごく無理をしてのことだったのだろうか。昨日約束したから、責任感の強さから果たしただけで、本当は嫌だったのだろうか。

真理の反応が予想と違っていたため、冬彦は自分が何か見誤っているような、落ち着かない心地になった。正直、わけがわからなくなってもいた。真理の気持ちが読めない。真理に対してこんなふうにしっくりとこない感覚になったことは今までなかった。どうしたのだろう。昨日、黒澤家に来てくれたあと、真理のほうにも何かあったのだろうか。

考え込んでいると、社会科の教師が来て、補習授業が始まった。

正直、真理のことが引っ掛かっていて、授業内容は半分も頭に入らない。試験に出やすいポイントだと言われた箇所にマーカーを引き、板書された通りにノートを取っているうちに五十分経《た》っていた。

ショートホームルームを挟み、一限目の授業が始まる前の僅かな合間に、真理が教室から出るのを見て、冬彦も離席した。

「細川《ほそかわ》さん」

廊下で声を掛ける。

真理は振り返り、ぎこちなく笑みを浮かべた。

やはり、なんだか様子が変だ。冬彦を避けようとはしないが、どう向き合えばいいか迷っている節がある。

「さっきは挨拶してくれてありがとう。おかげで教室の雰囲気が変わったと思う」

「うん」

真理は短く相槌を打ち、一拍置いて言い足した。

「約束したからね」

「ごめんね。無理させて」

「違うよ。私は自分が後悔しないためにしただけ。昨日、言ったでしょう」

「でも僕には細川さんが何か悩んでいるように見えるんだ」

冬彦は言葉を濁さず、感じるままをぶつけた。自分のことが原因なら、本当にもういいよと言いたい。他のことで問題を抱えているなら、今度は冬彦が力になりたい。及ばずながら、できる限りのことをしたかった。

「昨日あれから何かあった？」

他に思いつくことがなくてそう聞いてから、小火騒《ぼや》ぎのときに琢磨を見掛けたことが頭を過《よぎ》った。もしかして、一夜明けて真理の様子がおかしくなったのは、それと関係があるのではないだろうか。一度考えだすと、そうとしか思えなくなってきた。

「実を言うと、何かあったのは僕のほうなんだ」

真理が返事をする前に冬彦は話を変えた。

言った途端《とたん》、真理の体がぎくりとしたように強張ったのを、冬彦は見逃さなかった。

真理は小火騒ぎのことを知っているのではないか。

確信に近い気持ちで冬彦は推察した。

「一昨日話した佳人《よしと》さんの自転車、不審火で燃やされる事件が起きて」

「え……えっと、びっくりした。なんて言えばいいか……まさかそんなことがあったなんて」

今知って驚いたような反応の仕方をするが、いかんせん表情も口調も不自然だ。

真理は黒澤家を出て駅まで引き返す途中、琢磨を見たのではないだろうか。冬彦の頭に一つの仮説が浮かぶ。どうしてここに琢磨がいるのか疑問を湧かせ、見過ごせなくなった真理は、琢磨の跡を尾《つ》け、再び黒澤家の前まで戻ってきた。そこで琢磨が車庫に忍び込み、自転車に火をつけるのを見てしまったのではないか。琢磨は真理にとって昔からよく知っている幼馴染みだ。さすがに放火現場を見たと告発するのは躊躇《ためら》われ、そのことを冬彦に言えず、板挟みになって悩んでいると考えれば、様子がおかしいのも理解できる。

あのとき冬彦は琢磨に気づいたが、真理も近くにいたのかもしれない。

佳人は小火は冬彦の同級生の仕業《しわざ》ではないと考えているようだが、冬彦はどうしても琢磨がやったのではないと信じきれない。

何か見た？　と真理に聞きたかったが、見ていたとしてもすんなり話してくれるとは思えない。もうすぐ一限目が始まる時間で、今この話を持ち出しても中途半端になりそうだ。無理に聞き出すようなこともしたくない。

冬彦は気を取り直し、さらっと続けた。

「幸い怪我人は出なくて、燃えたのもサドルだけで、小火ですんだからよかったけど、近所の人が気づいてくれなかったら大ごとになるところだった」

「……放火犯も、そこまで大変なことになるとは思ってなかったのかもしれないね。もちろん、許されることじゃないけど」

真理は受け取りようによっては犯人を擁護する発言をする。

幼馴染みを庇おうとしている——冬彦にはますますそう思えた。

「かもしれない」

冬彦は曖昧《あいまい》に相槌を打つ。

「警察が付近の防犯カメラを調べるみたいなんだ。早く犯人を捕まえてくれたらいいけど」

そう話すと、真理の顔はいっそう青ざめ、冬彦は確信を深めざるを得なかった。

＊

「大江《おおえ》くん。聞きたいことがある。二人で話せないか」

午前最後の授業が終わってすぐ、冬彦は琢磨の許に行き、臆さずに言った。

いつも一緒にいる子分たちが「なんだ、黒澤」と恫喝《どうかつ》してきたり、おかしそうに「ついに泣き落としか」と囃《はや》し立てたりしてきたが、取り合わずに琢磨の返事を待つ。

窓際の最後列の席で、椅子に片脚を上げて退屈そうに外の景色を眺めていた琢磨は、面倒くさそうに冬彦を見上げ、目つきを険しくする。

「うるせぇ」

中学生にしては凄みのある声で突き放すように一言発し、ガタンと椅子を引く。

いきなり立ち上がった琢磨に、周りに集まっていた子分たちが口を閉ざして後ずさる。中でも端っこにいた永山《ながやま》は「ひっ」と喉に絡まったような声を立て、拳《こぶし》でも振り上げられたかのごとく身を縮ませていた。それを目の端で捉えて、永山は永山で生きづらそうだな、と少し気の毒になった。だが、今は、永山にかまけている場合ではない。

「大江くん、待って」

逃げるのか、と喉元まで出掛けたが、琢磨に真っ向から見据えられ、こっちだ、と言うように顎《あご》をしゃくられて、勘違いに気づく。

さっきの「うるせぇ」は冬彦に向けた言葉ではなく、子分たちを牽制《けんせい》したものだったらしい。子分たちもこの期に及んで察したらしく、琢磨の機嫌を損ねないよう気遣う感じで口を閉ざしている。ついて来ようとする者はいなかった。

「待って。どこに行くつもりだ」

聞いても琢磨は返事をせず、肩で風を切って混雑した廊下をどんどん歩く。

歩調を緩めると見失いそうで、給食の支度と昼休み前の解放感で賑《にぎ》やかな校内を、障害を回避して擦り抜けるようにしながら、追いかけた。

話をするには人気のない場所がいいとは思っていたが、さすがに立ち入り禁止の屋上に上がっていったときには、重い鉄の扉の前で躊躇った。

呆《あき》れたことに、琢磨はこの扉の鍵を持っていた。何度も来ているかのような慣れた手つきで開け、冬彦を振り返ってジロリと一瞥し、先に屋上に出ていく。

来るも来ないもおまえ次第だ。勝手にしろ。琢磨の背中はそう言っているようだ。

冬彦は迷いを振り切り、屋上に踏み出した。

念のため、ドアストッパーを噛ませて、扉が完全に閉まらないようにしておく。

屋上は風が通って気持ちよかった。くっきりと晴れ渡った秋空の青さが目に沁みる。空が近く思え、腕を上げて体を伸ばしたくなる。まだまだ暑いが、秋は確実に深まってきているのを肌で感じた。

「話ってのは、昨日のことか」

肩くらいまで高さのある手すりに背中を預け、琢磨から話の口火を切る。

今日学校で会ったら、はじめから冬彦と話をするつもりだったような、落ち着いた口調だった。淡々としていて、普段見せる威圧感は出していない。

冬彦は一メートル半ほどの距離を置いて琢磨と向き合った。

広い屋上には二人以外誰もいない。ここでなら確かにどんな話もできそうだ。琢磨が子分たちを連れてきていたなら身の危険を感じたところだが、琢磨は自分に有利な状況にあえてしなかった。一対一なら冬彦にも同じだけ分がある。

「どうして逃げたか聞きたい」

冬彦は回りくどい切り出し方をせず、ずばり核心を突いた。

琢磨もまだるっこしいのはごめんだというタイプに違いなく、唐突になんだ、などと怒りだしはしなかった。フッと溜息を洩らし、長めにしている髪を乱暴に掻き上げる。何をどう話すか逡巡しているようだった。

「昨日、うちで小火騒ぎがあった」

少し間を置いてから、冬彦は再び口を開いた。

もうしばらくは琢磨が喋りそうにない雰囲気だったので、沈黙を保つより、琢磨も知っているはずのことを言ってきっかけを作ったほうが、話がスムーズかもしれないと思った。

「発見が早くて、火をつけられた自転車のサドルが燃えただけですんだけど、放火は悪戯《いたずら》でしたじゃすまない重犯罪だ」

「ああ。知っている」

犯罪という言葉の重さが琢磨に、何か言わなければと思わせたのか、ようやく腹を括《くく》ったのがわかった。顔つきが真剣そのもので、ヘラヘラして誤魔化《ごまか》す気はなさそうだ。

「建造物以外放火罪ってやつに当たるんだろう。成人なら一年以上十年以下の懲役。俺たちでも場合によっちゃ少年院行きだ」

さすがに将来は医者を目指しているだけあって琢磨は教養がある。普段から成績もよく、勉強もスポーツもできるので、王様的存在なのだ。ここに親の力と、乱暴で傲岸《ごうがん》な性格が加わると、教師たちでさえ及び腰になり、歯止めが利かなくなる。幼馴染みの真理だけが琢磨に真っ向から意見し、諫《いさ》め、秩序を守らせることができる存在だ。それは、琢磨が真理を憎からず思っているからにほかならない。

「ひょっとして、犯人を見た？」

いくらなんでも「きみなんだろう」と決めつけるわけにはいかず、ワンクッション置く。

琢磨はぎゅっと一度唇を引き結び、憎悪を感じさせる強い眼差しで冬彦を睨《にら》みつけてくる。

「おまえ、何が言いたい。全部おまえの……おまえたちのせいじゃないか」

おまえたち、とは、冬彦と真理のことだろうか。冬彦は琢磨の考える自己正当化のプロセスが理解できず、ただ理不尽にイチャモンをつけられているように思えて唖然とした。

「たぶん、大江くんは誤解している」

琢磨はいまだに真理と冬彦が付き合っている仲だと思い込み、嫉妬心《しっとしん》から冬彦を憎んでいるのだろう。そうとしか考えられなかった。

「するか、そんなもの」

琢磨には自分の非を認めない傾向があるので、冬彦もそう返されるのは織り込み済みだ。

「俺は知っているんだ」

琢磨は頑《かたく》なに言い、忌々《いまいま》しげに舌打ちする。

「だが、こんなことになったからには仕方ない」

冬彦は思わず脇に下ろしたままの手をグッと握っていた。琢磨が自暴自棄になって襲いかかってきたら、冬彦に勝ち目はないだろう。背丈はそれほど変わらないが、体格は琢磨のほうが見るからに立派だ。

「俺だよ」

琢磨の口から、低く押し殺した声が吐き出される。

殴り合いの展開を予想し、身構えようとしていた冬彦は、思いがけない告白を受けて、一瞬虚《きょ》を衝かれた。

「え？」

素直に認める……のか？　冬彦は聞き間違いではないかと思い、まじまじと琢磨を凝視する。

冬彦に見据えられた琢磨は、バツが悪そうに身動《みじろ》ぎし、ジロジロ見るんじゃねぇ、と今にも怒鳴り散らしかねない顔でそっぽを向く。

「ああ、うざい。もうなんだって構うか！　俺だよ、黒澤。俺が火をつけた」

反省のかけらもなく、面倒そうに言ってのける琢磨に、冬彦は思わず駆け寄り、平手打ちを喰らわせていた。

反撃されたら逆にコテンパンにのされる。わかっていたが、衝動を抑えられなかった。

硬い皮膚を叩く乾いた音が、澄み切った空気の中、いっそ小気味よい響きをさせる。

いつもは冷静で、めったに激昂《げっこう》などしない冬彦がこんな行動に出るとは予想していなかったらしく、琢磨は避けもせずにまともに叩かれ、しばらく固まったようになっていた。

「冗談でも自棄《やけ》を起こしたような言い方をするな！」

冬彦は相手が傲岸不遜な乱暴者だろうと頓着せず、怒鳴りつけた。

「なんだと」

琢磨も黙ってはいなかったが、冬彦が転校先で初めて見せた憤怒《ふんぬ》の、並々ならぬ迫力に気圧されたのか、子分たちの真ん中でふんぞり返っているときの半分も太々《ふてぶて》しさを発揮できずにいる。元々が甘やかされて育ったボンボンで、冬彦とは見てきた世界が違うのだ。力では及ばなくとも、いざという場面での気構えの差は歴然で、それを琢磨は遅ればせながら悟ったようだった。

「おまえ、何者だ」

琢磨が信じ難《がた》いものを見るような目で冬彦を見つめ、自分自身何を口走ったのかわかってなさそうにポツリと漏らす。

冬彦はそれには答えず、小火の件に話を戻した。

「どうしてだよ。大江は頭がいいはずだろう。さっきも失火罪の法定刑をすらすら言った。やったらどうなるかわかってやったってことだよな？」

なんで、という気持ちでいっぱいだった。

「見つかったら捕まるかもしれない。捕まれば少年院行きになって、入試どころじゃなくなる。きみのところはすごい金持ちで、きっとお父さんが有力な弁護士を何人でも雇ってくれるんだろうけど、たとえ刑を免《まぬか》れても社会的な信用は失うんじゃないかな。怖いと思わなかったのか？　僕に、きみが自分の人生を犠牲にできるほどの価値、ないだろ？　どう考えても」

「おまえのためじゃない」

誤解されては迷惑だ、と不快そうに琢磨は言う。

「僕のためとか、こっちも思ってない。そもそも、そんなことは言ってない」

琢磨が考えるとすれば、それは真理のことだ。真理のためにやったと琢磨は言いたいのだろう。だが、これのどこが真理のためなのか。冬彦には琢磨が勘違いしたまま突っ走ってしまったとしか思えず、馬鹿だと胸の内で罵《ののし》らずにはいられなかった。

「とにかく、放火は俺のしわざだ。さっさと警察でもどこでも連れていけ」

琢磨はもうこの話は終《しま》いだと言いたげに首を横に振る。

警察に知らせるところまでは考えていなかった冬彦は、開き直った琢磨を前に、戸惑いを隠せなかった。

それより先に、遥《はるか》と佳人に謝ってほしい。子供らしい浅はかさだと言われるかもしれないが、正直に言って、冬彦の望みは、琢磨に反省してもらうことと、佳人たちにきちんと詫びてもらうことだ。二度としないと誓ってくれたら警察沙汰にすることは考えていなかった。むろん、遥と佳人がそうすると言うなら、止める気はない。罪は罪で、自転車を燃やされた佳人は特に、直接の被害者だ。

「もう一度聞くけど、本当に大江がやったのか」

ここから先、どうすべきかはっきりと決めていなかった冬彦が、慎重を期して確かめようとしたときだ。

「違うわ」

不意に後ろから甲高い声が割って入った。

振り向くと、ストッパーを噛ませて開けたままにしていた鉄製の扉の陰から、真理が姿を見せた。いつからそこにいたのか、冬彦は全然気がついていなかった。

「真理」

琢磨も目を瞠《みは》っている。

「おまえ、なんでここに……。もしかして、尾けてきてたのか」

真理はツカツカと二人の傍に近づいてくると、琢磨には目もくれず、まっすぐ冬彦の顔を見上げ、強い口調で言った。

「火をつけたのは琢磨くんじゃない」

え、と冬彦は真理を見つめ返し、まさか、と口を動かした。

＊

午前様で帰宅し、佳人の話を聞いたあとも書斎に籠《こ》もっていた遥が、いつ寝たのか、熟睡していた佳人は恥ずかしながら気づかなかった。

シーツの皺《しわ》が、遥もここで寝た痕跡を確かにとどめていたが、佳人が目覚めたときにはすでに傍に遥の姿はなく、慌てて着替えて寝室を出た。

「遥さん。おはようございます」

台所でりんごを剝《む》いている遥を見つけ、佳人はやらかした気分で、朝の挨拶に続けて寝坊したことを詫びた。

「すみません、おれ。さっきまで爆睡してました」

「ああ。ぐっすり眠っていたから起こさなかった」

「冬彦くんは、とっくに学校に行きました……よね」

「飯はちゃんと食わせた。小火騒ぎの話はしたが、イジメについては触れずにおいた」

「はい。ありがとうございます」

佳人は遥の配慮に感謝した。

遥は朝から自分の黒いエプロンを着けており、服装もシャツとスラックスといった普段着姿だ。出勤前とはとても思えない。

「遥さん、今日会社は？」

「休むことにした」

あっさり遥の口から休むという言葉が出て、変われば変わるものだと感嘆する。
二、三年前までは、遥は、働いていないと死ぬ病気にでも罹《かか》っているのかと疑いたくなるほどの仕事人間だった。それが今では、土日だけでなく平日にもときどき休みを取るようになった。
正直、嬉しい。自分の体を大事にしてくれることもだが、一緒にいる時間が増えるのが佳人には何より幸せで、ありがたかった。

「りんご、食べるか」

「食べます」

りんご半分、ヨーグルト、バタートースト、紅茶、という簡単なメニューの朝食をとる。

遥は先に冬彦と和食メニューを食べたそうで、りんごを食べて紅茶を飲み、佳人に付き合ってくれた。

「冬彦くん、何か言ってました？」

「おまえの自転車のことを気にしていた。サドルを交換すればまた乗れる、問題ないから心配するなと言っておいた。それより、おまえたちが無事だったのがなによりだとな」

「おれもきっと同じように言いました。自転車は警察が、証拠品として預からせてくれって持っていっちゃいましたけど、戻ってきたら綺麗に直してまた乗ります」

そうしろ、と遥は頷く。

「遥さんは今日はどうするんですか」

食後に二人でシンクに向かい、食洗機を使わずに、佳人が洗い、遥が拭き上げて棚に戻す形で後片付けしながら、お互いの予定を聞く。

「俺は午前中ちょっと出掛ける。訪ねたい先がある。知り合いのところだ」

「夕方には帰ってきます？」

「そんなに親しい相手じゃないから、遅くとも二時か三時には戻る」

「じゃあ、夕飯の用意しておきますね。何がいいかな。すき焼きとかどうですかね。冬彦くんも喜びそう」

「すき焼きにするのなら、帰りに肉屋に寄ってきてやる」

「わぁ。助かります。肉以外の具材はおれが駅前のスーパーで調達しておくので、よろしくお願いします」

「おまえ、仕事はいいのか。昨日は一日何もできなかったんだろう」

「少し溜まってますけど、スーパーに行く暇もないほど切羽詰まってはいないです」

「いいのか悪いのか、わからんな」

「はは。遥さんと比べたら、おれは実際まだまだです」

手掛けている事業の数も規模も差がありすぎて、悔しいと思うのすら烏滸《おこ》がましく感じる。

「遥さんの背中を一生追い続けることになるのかもしれませんけど、おれは目標になるものが常に自分の前に立ちはだかっているほうが燃えるんです。負け惜しみじゃないですよ」

「そういうものか」

「はい。だから、遥さんにはずっとおれの前を走り続けてほしいです」

「べつに抜いてもいいぞ」

遥は真顔で言い、フッと不適な笑みを口元に刷《は》く。

「抜かれたら、抜き返すだけだ」

やれるものならやってみろ、と言わんばかりの自信と矜持《きょうじ》に満ちた顔を見せられ、ゾクゾクする。遥には傲岸不遜なくらいのほうが似合う。自負心の裏には血の滲《にじ》むような努力の積み重ねがあり、並みの男でないことを佳人は誰より知っているからだ。

佳人はにっこり微笑み返す。

「今は無理だけど、あと十年したら、もしかすると、肩を並べられるくらいにはなっているかもしれませんよ」

「望むところだ」

それはそれで、張り合いがあって楽しいのかもしれない。互いに切磋琢磨して成長し続けられる関係は、佳人にとっても理想的だ。変化を恐れず、流れに身を任せながら必死に足掻《あが》く。二人にはそういう生き方が合っている気がする。

十時頃、遥は出掛けた。エプロンを外しただけで、改まった格好に着替えはせず、その辺までちょっと行ってくるという体だった。

「何かおかしいと感じることがあれば連絡しろ」

玄関まで見送りに出た佳人に、遥は真剣な顔で言う。

「あ。そういえば、今日燃えるゴミの日ですね」

「朝俺が出しておいた。昨日の今日で、警察も不審者がうろついていないか警戒を強めているだろうから、さすがにゴミを荒らすような真似はしていないと思うが。ゴミ置き場を覗いて異変があれば知らせる」

「はい。おれも気をつけます。行ってらっしゃい」

まもなく遥から、『ゴミは問題ない。ちょうど収集車が来た』とメッセージが来た。

よかった、と胸を撫で下ろす。

なんとなく、昨日の小火騒ぎで嫌がらせは一段落したのではないかと佳人は思っていた。被害は小さくても、やはり火事を起こすというのは想像以上に衝撃が強く、犯人も自分のしたことが恐ろしくなったのではないだろうか。できれば、そうであってほしいという願望もあった。

先週も先々週も金曜日はゴミを荒らされたが、今日は何事もなく、郵便受けも無事だった。

午前中のうちに一度警邏《けいら》中のお巡りさんがわざわざインターホンを鳴らしてくれ、変わりないですか、と声掛けしてくれた。外の様子も異状はないそうで、安心感が増す。

このまま犯人が息を潜《ひそ》めれば、逮捕は難しいかもしれない。けれど、佳人としては、二度としないでくれたらそれで許せる。警察のお世話になることを望んではいなかった。佳人は違うと信じているが、冬彦が憂慮していたように、もし中学生が浅慮からしたことだったとすれば、なおのこと内々でカタをつけたい気持ちが働く。

頭の片隅で事件のことを考えつつ仕事をしていたら、午後一時になっていた。

朝を軽くすませたので、さすがにお腹が空いてきた。早めに夕飯の材料を買い出しに行き、ついでにお弁当屋さんで昼ごはん用に何か買ってこようと思い立つ。

普段着のまま、財布と携帯電話をボディバッグに入れ、斜め掛けにする。門を出ていくらも歩かないうちに、電話がかかってきた。

「もしもし、遥さん?」

『ああ。おまえ、今どこだ』

どうやら遥は駅にいるらしく、発着のアナウンスや発車メロディ、人の話し声がうるさく聞こえてくる。

「駅前のスーパーに買い物に行くところです」

『変わりはないか』

気のせいか、遥の喋り方が普段より性急な感じで、出先で何かあったんだろうかと心配になる。

佳人のほうは何も起こっていないし、警察も巡回に来てくれて、異状はないと言っていたと答えると、遥はひとまず落ち着きを取り戻した様子で小さく息を洩らした。

「遥さんこそ大丈夫ですか」

車はめったに通らない生活路なので、つい歩きながら喋っていた。

『俺は問題ない』

遥は自分のこととなると無頓着で、佳人がいくら心配しても、毎回こういう返事の仕方をする。

遥の意識は、守られるより守るほうに傾いているらしく、今は冬彦もいて守るものが二人になったので、いっそう神経を遣っているようだ。おれにも半分持たせてください、といつも思う。今度絶対に言ってやろう。

『それより、帰ったら話したいことがある。おまえも買い物がすんだらすぐ帰れ。不審な人間を見掛けたら、誰でもいいから近くのやつに助けを求めろ』

「えっ。ちょっと遥さん、どういうことですか」

口調が真剣で、とても冗談を言っているとは思えず、佳人は当惑する。遥の性格からしても、佳人を揶揄《からか》うために脅かすような電話をわざわざかけてくるはずがない。

もう少しわかりやすく説明してくれないと、何をどう気をつければいいかわからない。

『電車が来た』

遥は切るぞと断りを入れるなり通話を切った。

「不審な人間って……」

バックライトの消えた携帯電話を見下ろし、困惑する。

急に不安になって背後を振り返ったが、見える範囲には誰の姿もなく、たまに彷徨《うろつ》いているのを見掛ける地域猫が、側溝《そっこう》の蓋の上に蹲《うずくま》っているだけだった。

おそらく遥は今回の件に関係している人間に心当たりがあったのだろう。

昨日遅くまでインターネットで調べものをしていたのも、今日急に会社を休んでどこかへ出掛けたのも、確証を得るためだったに違いない。そして、自分の考えが正しかったかどうか確かめ、事件の裏に潜む真実を探り当てたのではないか。

その上で、佳人にわざわざ電話をかけてきて注意を促したということは、まだ事件は終わっていないと慮《おもんぱか》る理由が何かあるのかもしれない。

とにかく、遥の言う通り、さっさと用事をすませて帰宅しよう。

佳人は早足になって、スーパーマーケットに急いだ。

駅の近くにあるスーパーマーケットは二階建てで、結構な広さがあり、品揃えもいい。いつもお客で賑わっているが、佳人が店に入ったときは一日の中でもまったりしている時間帯で、そんなに混雑していなかった。

すき焼き用の野菜やきのこ類、焼き豆腐、糸蒟蒻《いとこんにゃく》などをカゴに入れながら店内を歩き回っていると、後ろから「あのう」と遠慮がちに声を掛けられた。

中年女性と思《おぼ》しき声だった。

「はい？」

振り向くと、ツバのある布製の帽子を目深に被《かぶ》った見覚えのない人物で、なぜ呼び止められたのか全然わからなかった。

「すみません、これ落ちてました。あなたのですか」

差し出されたのは男物のハンカチだ。

なんだ、と佳人は警戒して緊張させかけた体を緩ませた。

「いえ、おれのじゃありません」

せっかく聞いてくれたが違うので、なんとなく申し訳ない気持ちになりながら答えると、女性は「そうですか」とすんなり引き下がった。

親切なおばさんだなと思って、立ち去る前に会釈する。

体の向きを変える際、僅かな間視線を後ろに残したのも、あんまり急いで踵《きびす》を返すのもそっけなく映るかなと、深い意味はなく気にしたからだ。

春秋物の薄手のハーフコートにスラックス、目深に被って顔を隠した帽子、斜め掛けにした大きめのバッグ。身長は百七十近く、女にしてはがっちりした体格。話し掛けられて近くで向き合わないと、年齢も性別もどうとでも受け取れる——佳人が言葉を交わしたのは、あらためて全身を見るとそういう人物だった。

気づいた途端、首筋に冷たいものを押し付けられたかのような心地になり、ぶるっと身震いした。さっと血の気が引いて、自分が青ざめたのがわかる。

この人のことだ……!

頭の中で警報音がけたたましく鳴り響く。

棚と棚の間の、調味料類が並んだ見通しの悪い場所にいて、たまたま誰も近くにいない。というか、そういう場所に佳人が入り込んだのを狙って声を掛けてきたのではないか。自分が狙われていることは疑いようもなかった。

急いでここを離れなくては。

女性に背中を向けて駆け出そうとしたとき、女性がバッグの中に手を突っ込み、先の尖った包丁を摑み出した。

刃渡り二十センチ強ありそうな牛刀包丁だ。よく研がれていて、売り場を照らす蛍光灯の光を受けてギラッとして見えた。

柄を両手で握って包丁を構え、ヒュウウッッと口から大きく息を吐きながら、佳人目掛けて突進してくる。

本人は声を出しているつもりのようだが息しか聞こえず、ようやく下半分見えた口元からだけで凄まじい形相《ぎょうそう》になっているのがわかり、恐怖のあまり脚が縺《もつ》れかけた。

いざとなると本当に声が出ない。

叫んで人を呼ばないとと思うのに、ヒュウヒュウ空気が漏れるばかりで、声にならない。

咄嗟に、腕にしていた買い物カゴを中身ごと投げつけた。

あとコンマ何秒か動くのが遅かったら、切っ先が佳人の体に届いていただろう。

長ネギや白菜、椎茸や豆腐のパックなどで重さのあるカゴが女性にぶつかり、中身が床に転げ落ちる。

棚に並んでいた調味料の瓶にも当たった物があり、静かだった店内に荷物が崩れて散乱する音が響く。

「佳人っ！」

通路の端から遥が駆け寄ってくる。

「遥さん！」

遥の顔を見るなり、喉の痞《つか》えが取れたように声が出た。

包丁を構え直した女性も「きいいいっ」という奇声を上げ、今度は遥目掛けて突進する。

「遥さん、危ないっ！　避けてっ！」

「きゃあああっ」

「誰か！　け、警察！　警察呼べっ！」

店内にいた客や従業員たちがようやく騒ぎに気づき、佳人の声に重ねて口々に叫ぶ。

包丁を向けてダッシュしてくる女性を、遥は臆することなく正面から迎え討つ。切っ先を避けながら、包丁を握った両の手首を摑んで押さえたまま、素早く自分の体を右に捻《ひね》り、女性の腕を下に引っ張る。

一連の動作はあっという間のことだった。

女性がバランスを崩して倒れ込む。

手から離れた包丁がゴトッと床に落ちる。すかさず遥は、包丁を女性の手の届かないところまで蹴って滑り飛ばした。

「捕まえろ！」

誰かが叫ぶ。

バタバタと男性従業員が二人走り寄ってきて、腰が抜けた様子で立てずにいる女性を取り押さえた。

「遥さん！　大丈夫ですかっ？」

佳人は遥に駆け寄った。

「なんて無茶するんですか！　肝《きも》が冷えましたよ」

「俺は無事だ。どこも怪我はしていない」

「よかった……！　助けてくれて、ありがとうございます。いきなり現れたときはびっくりしましたよ」

絶対刺されると恐慌を来《きた》しかけた矢先に遥の声を聞き、目の前に現れて庇われ、泣きそうになるほど嬉しかった。それと同時に、今度は遥の身に何かあったらどうしようと恐ろしくなり、無事に包丁を離させるまで生きた心地がしなかった。

てっきり、もっと離れた場所にいると思っていた遥が、意外に近くにいて、ここに寄ってくれたおかげで助かった。あと少しでも遅ければ、今頃どうなっていたか知れない。考えれば考えるほどあり得ない僥倖《ぎょうこう》のように感じられ、今さらながら体が震えてくる。

「虫が知らせたんだ。電車に乗っているときから、居ても立ってもいられない気分で、駅に着くなり走ってきた」

「あの電話も、何か嫌な予感がしたからかけてくれたんですか」

「ああ。ギリギリだったが、間に合ってよかった
人目も憚らずに遥は佳人の頬を撫で、宥《なだ》めるように頭を抱いて髪を掻き混ぜる。遥にしっかりと触れてもらったおかげで、少し落ち着きを取り戻せた。

「……あんたのせいよ。あんたの」

呪詛《じゅそ》の籠もった、呻《うめ》くような声で女性がブツブツと何か言っている。

はっとして、佳人は床に蹲ったままの女性に目を向けた。

「ちょっとここで待っていろ」

遥は佳人の二の腕をポンと撫でるように一叩きすると、女性に近づいていく。

「悪いが少し話させてくれ」

女性を逃がさないよう見張っている従業員らに断りを入れ、女性の傍に屈み込む。

「細川運輸の、細川社長の奥さんですね？」

遥が女性の顔を覗き込んで言う。

細川って、まさか、細川真理の母親……なのか？

特別珍しい苗字ではないが、勘が働き、すぐに結び付けていた。違っている気はしなかった。

それにしても予想外すぎる展開だ。虚を衝かれ、頭がうまく働かない。

つまり、黒澤家に嫌がらせをしていたのは、遥の知り合いの会社関係者だったということか。

遥は、なぜ細川がこんなことをしたのか、わかっているようだ。

放火の次は、刃物を持って付け狙われるとは、よっぽどの恨みを持たれているらしい。

「あれがうちにとって最後のチャンスだったのに！　黒澤に横取りされた。黒澤さえいなければ絶対にうちが受注できていた。あんたのせいよっ。うちを倒産に追い込んで、路頭に迷わせようとしてるのは、あんたよっ」

一度喋りだしたら止まらなくなったように細川は言い募る。

おかげで佳人にもだんだん事情が呑み込めてきた。

「だったら、どうして最初から俺を狙わない？」

遥が怒りを押し殺した声で冷たく問う。

「うちに悪戯を装った嫌がらせを続けていたかと思ったら、いきなり放火、そしてそれがうまくいかなかった腹いせみたいに、今度は俺より弱そうなあいつを刃物で襲う。卑怯で臆病だな。そもそもが逆恨みもいいところだ。みっともないとは思わないのか」

「うるさいわねっ！　あんたには何も喋らない。あっちに行って！」

警察が来たみたいだぞ、と周囲にいた人の中の誰かが言うのが聞こえた。

「はい、どいて、どいて。警察だ」

直後、制服警官が二人、人垣を掻き分けて来た。

遥は細川の傍を離れ、佳人の許に戻ってくる。

「きっとおれたちも事情聞かれますよね」

「そうなるだろうな」

案の定、警官の一人がこっちに近づいてきた。

「冬彦くんに、ひょっとしたら帰りが遅くなるかもしれないってメッセージ入れときますね」

この少し前に、冬彦は冬彦で、学校の屋上で昼休みに真理からすべてを聞いたことを、このとき佳人はまだ知らなかった。

＊

「火をつけたのは琢磨くんじゃない」

屋上に現れた真理は、冬彦と琢磨の間に割って入ると、冬彦をまっすぐ見据え、覚悟を決めた硬い表情で、次の言葉を口にしようとした。

「やめろ、真理。言うな！」

横から琢磨が言わせまいとする。

しかし、真理の決意は揺るぎなく、「もう、いいの」と琢磨を退ける。

「っていうか、なんで琢磨がこんなよけいなお節介《せっかい》焼くのよ。なんで自分がやったなんてヘタクソな嘘を吐くの？」

真理は迷惑そうに顔を顰《しか》める。

「俺、見たんだ、昨日」

「……跡、尾けてたの？」

「ああ。気になって」

琢磨は素直に認める。

冬彦は蚊帳《かや》の外に追いやられた格好になっていたが、ここは口を挟まず、二人のやりとりを静観することにした。

琢磨が真理を本気で心配し、なんとか力になりたいと思っていることが、端で見ていても伝わってくる。本当に真理が好きなんだなとわかって、胸が温かくなった。他人にはどれだけ傍若《ぼうじゃく》無人《ぶじん》で冷酷でも、好きな相手の前では、せいぜい必死になるしかない無力で不器用な、ただの一人の人間なんだなとしみじみ思う。ずっと近づきたくないと敬遠し、人として快く思っていなかった琢磨が、見方次第で、健気《けなげ》でいとおしく感じられてきた。

「じゃあ……全部見てたわけね」

「おまえの家のこと知ってたし、夏休み明けから何度も遅刻するようになったのも、たぶんそのせいだろうと思った。近所でも……おばさん、このところ様子がおかしいって噂になってるってうちの親が言ってたから」

琢磨の話を聞いた真理は深く重苦しい溜息をつき、長い髪を首の後ろで一纏めにするしぐさをし、気持ちの整理をつけるようにしばらく口を噤《つぐ》んでいた。

やがて、髪から手を離すと、あらためて冬彦と顔を合わせた。

「真理っ」

「琢磨は黙ってて」

なおも食い下がる琢磨をピシャリと制し、真理は今度こそ冬彦に言った。

「私なの」

ついに真理の口からはっきりと聞かされて、冬彦の恐れは現実になった。そうでなければいいと一縷《いちる》の望みを抱いていたが、真理の涙に曇った目と、不安と恐れに引き攣《つ》った表情を見れば、告白を信じるしかなかった。

これか。このせいだったのか。今朝の真理の態度のちぐはぐさ。明るく気丈に振る舞ったかと思えば、手のひらを返すようによそよそしくなり、避けるような態度を取るなど、精神状態が安定してなそうで戸惑ったが、小火騒ぎを起こしたのが他ならぬ真理自身だったのなら無理もない。むしろよく冬彦に声を掛けられたものだ。どれほど無理をしていたのか想像すると、胸が苦しくなる。

だが、それ以外では、まだまだわからないことだらけだ。聞きたいことがたくさんある。納得には程遠かった。

「なんで細川さんが、あんなことしたの?」

「ごめんなさい」

真理は顔を強張らせたまま、深々と頭を下げた。

「私どうかしてた。頭が麻痺してたみたい。冷静になって考えたら、取り返しのつかない事故になるかもしれないって想像できたはずなのに、郵便受けに水を流し込むのと同じくらいの感覚でやってた。なんであんなことができたのか、今は自分でもわからない。ほんと馬鹿だった」

真理は悔やんでも悔やみきれないように自らを詰《なじ》る。聞いているほうも辛い。

「郵便受け、あれも細川さんがやったの？」

知っているからには、そう考えるのが自然だろう。しかし、この件に関しては真理はすぐには返事をしなかった。

迷うように視線を動かし、スカートの膝のあたりを両手でギュッと握り締める。その指が震えていることに気がつく。冬彦にしても、本当のことが知りたいだけで真理を責めたいわけではない。無理に聞き出すつもりはなかった。

「違う。こいつがしたのは自転車の一件だけだ。そうだろ、真理」

真理の代わりに、見かねたように琢磨が口を挟む。黙っていられなくなったようだ。

今度は真理も虚勢を張らず、黙って頷いた。

「あれは、うちの母。ゴミ袋を破いたり、持ち去ったりしたのも、母なの」

隠し通したかったが、もう無理だと悟ったらしく、諦めたように話しだす。

「うち、運送会社をやってたんだけど、先月潰れちゃったの。競合他社に負けて、起死回生を賭けた仕事を取られて後がなくなったんですって。父はショックで持病が悪化して入院するし、従業員は自宅まで押しかけてきて給料貰ってないって詰め寄るし、他にもいろいろあったみたいでだんだん母の様子がおかしくなってきて」

早朝や日没後などに外出することが増え、何をしているのか心配になって、こっそり跡を尾けたら、ある家の周辺を何度も訪れ、嗅ぎ回っており、ある日ゴミ集積所に出されたばかりの袋をカッターで切り裂き、中身を撒き散らすのを見てしまった。

「それが同級生の黒澤くんの家で、お父さんが結構大きな運送会社の社長だと知って、こんなひどい話があるの、って驚いた。黒澤くんには、私が出しゃばったせいで迷惑をかけていたでしょう。琢磨から謂《いわ》れのない恨みを買って、クラスで爪弾きにされていて。私、申し訳なくて、なんとかしなくちゃと思っていたのよ、本当に。なのに、親同士は拗《こじ》れていて……というより、うちの母が一方的に憎んで嫌がらせを始めてしまって。私、板挟みだった」

「こいつは、おばさんが二度も三度も嫌がらせを繰り返すのを見て、今にバレて捕まるんじゃないかと毎日気が気じゃなかったんだ。おまえともどう向き合えばいいのかわからず、二学期が始まってよそよそしい態度を取りだした。けど、騎馬戦でおまえが保健室行きになったと聞いて、俺がやらせたんじゃないかと思って、おまえが無事か確かめずにはいられなかった」

琢磨が苦々しげに補足する。真理の気持ちや考えが、自分自身のことのように想像できるらしい。幼馴染みとしての付き合いの深さ、想いの強さを感じる。

「でも、そこからは全然褒められたものじゃなかった」

真理は黒澤家に制服を届けに行った一昨日のことを思い返したのか、赤みの強い唇を食い縛るように引き結ぶ。

「黒澤くんが心配だったのは嘘じゃない。制服を見つけたときも、誰かが持っていってあげないと困るだろうし、置いたままにしておくと、また琢磨がろくでもないことするんじゃないかと思った。嫌がらせ、やめる気配もなくて、最低だったし」

真理は琢磨を軽蔑の眼差しで一瞥し、フッと自嘲気味に笑う。

「ま、放火なんて重罪犯した私に言われても、琢磨は痛くも痒くもないし、お前に言われる筋合いはないって言うだろうけど。実際、その通りよ」

「俺は……！　……いや、今はそれはいい」

琢磨は抗議しかけたがやめ、不本意そうにしながらも、先にこっちの話を片付けろという姿勢を見せた。

「黒澤くんのうち、すごく立派で、門の前に立ったとき……なんて言うんだろ、狡いと思っちゃった」

「狡い」

冬彦は短い一語が想像させるさまざまな感情に押し流されそうな心地がして、ポツリと口の端に乗せていた。無視できない強さがあった。真理の気持ちが生々しく伝わってくる。

「大きくて豪華な家なら、琢磨のうちなんかまさにそれで、子供の頃から見慣れているけど、黒澤くんのところは、隅から隅まで手入れが行き届いていて、本当に一日一日充実して楽しんでいる感が半端なくて。それと今の荒れに荒れてるうちを比べたら、生まれて初めて心の底から他人を羨むというか、妬《ねた》ましくなった。母の気持ちがあのときわかった。とどめは、あの綺麗な人だった」

佳人のことだ。これを聞いて、なぜ真理が自転車を狙ったのかわかった気がした。

「前から、どうしたら母が嫌がらせをやめて、元の冷静で落ち着いた、優しい母に戻ってくれるだろうと考えていた。こんなこと続けてたらヤバイと怯ませればいいんじゃないかと思いついて、母がしていることよりちょっとだけ大げさで派手なことをして目を覚まさせようと。自転車に火をつけることを思いついたのは、あの水色の素敵な自転車があの綺麗な人のだと知ったとき。ちょうどいい。たかが自転車だし、こんなお金持ちならまたすぐ買えるでしょって」

馬鹿だった、と真理は再び涙ぐむ。

「翌日、家にあったライターと、詰替用のオイル缶をカバンに入れて学校に行った。持っていたらいけないものを持っているのが怖くて、きっと普段の私とは違うところがあったと思う。琢磨は私の態度がおかしいことに気づいて、私が何かとんでもないことをしようとしているんじゃないかと疑ったんでしょ」

「ああ。こいつ、なんかやべえことしようとしてるんじゃないかと思って、それで放課後こっそり見張ってた」

琢磨が小火騒ぎが起きたとき黒澤家の近くに隠れていたわけがわかった。きっとあのとき真理もどこからか見ていたのだろう。琢磨が逃げたのは、真理を逃がすためだったと考えればなおさら納得がいく。

「前の日は閉まっていたシャッターが開いているのを見たとき、これはもうやるしかないと思って、背中を押された気がした。今を逃したらチャンスはないと焦った。頭が真っ白になって、気がついたらサドルがじわじわ燃えてて、慌てていったん逃げたの。駅の辺りまで。でも、どうなったか確かめずにはいられなくて、また戻った。その直後よ。琢磨が逃げて、黒澤くんが追いかけていく一幕があって、私、急に怖くなった。ここにいたらだめなんだって。帰って、家でガタガタ震えてた。もしかしたら、母には私がしたこと気づかれたかもしれない。何も言われなかったけど、怖い顔してた」

「全部わかったよ」

冬彦は穏やかな口調で言った。これからどうすればいいか思案する。とりあえず、遥と佳人にはこの顚末《てんまつ》を話して、相談すべきだろう。小火に関しては警察がすでに動いているので、なかったことにはできない。なんとか真理を最小限の処分ですませられないかと考え込む。

「黒澤。このとおりだ」

琢磨が真理を差し置いていきなり土下座しそうな動きを見せる。

「ちょっと待って」

そんなことをされたら困るし、嫌なので、冬彦は慌てて止めた。

「そういうの必要ないから」

琢磨は冬彦が本気で嫌がっているると理解したらしく、土下座はせずに、直角まで頭を下げた。

平常運転の驕慢《きょうまん》さ、意地の悪さ、皮肉っぽさは全部どこかへ押しやって、かつて見たことのない殊勝な態度で冬彦に謝罪する。

「おまえを目の敵《かたき》にして、いろいろしたことは謝る。二度と迷惑はかけない。わざと無視したりもしない。おまえが皆の前で謝れと言うなら謝る。だから真理を許してやってくれ」

「やめてよ、琢磨。やめてってば！」

真理は狼狽《うろた》え、心外そうにしながらも、溢《あふ》れる感情を制御できなくなったようにボロボロ泣きだした。ブツッと張り詰めていた糸が切れたようだ。

「なんで私のためみたいな顔して黒澤くんに謝るわけ？　卑怯者っ。あんたのそういうとこが嫌いなのよ……！　謝るのは当然なんだから、私のこと抜きで謝りなさいよ」

「わかった。わかったよ。ギャアギャア泣きながらうるせえな！」

「泣いてて悪かったわねっ。馬鹿っ」

またもや冬彦を置き去りにした展開になりかけたが、琢磨が不貞腐《ふてくさ》れた顔で、あらためて冬彦と向き合ってきた。

「悪かった。……反省してる。おまえに、嫉妬してた」

「これからは？」

真理が横でしゃくり上げながら、姉のように続きを促す。

「はぁ？　これから？」

琢磨はチッと舌打ちし、決まり悪げに体を揺する。じっとしていると落ち着かないようだ。

「クラスメートとして……普通に接する……いや、接してください」

ぎこちなく、いかにも下手に出るのが屈辱だとばかりの傲岸さが言葉遣いとは裏腹にチラついていたが、冬彦は気にしなかった。

「わかった。僕も、喋るのがあまり得意じゃなくて、今まで大江くんとちゃんと話さなかったこと、悪かったと思ってる。昨日までのことは水に流そう、お互い」

「いいのか」

「うん。僕もたいがい強情で負けず嫌いだから、昔からイジメの対象になりやすい。家庭の事情も複雑で、変わってるし。ある程度苛められることに慣れていて、無視していたらそのうち飽きてくれるだろうとタカを括っていた。小学生のときからこんなだったから、達観しすぎていて、可愛げがなさすぎだと、先生からも引かれたことがある。大江くんは僕のこういうところが、スカしてるみたいで腹立つんだろう？」

「ああ。今もだいぶムカついてる」

琢磨はムスッとして、歯に衣《きぬ》着せず言う。ようやく琢磨らしさが戻ったようで、かえって小気味よかった。王様は王様らしいほうが、冬彦は安心する。暴君すぎれば報復されるかもしれないので、加減は必要だと思うが。

「……で、真理のことだが」

琢磨はどうしてもそれが気にかかるようで、真理の顔を横目で窺いつつ、じわじわと探りを入れてくる。

「家に帰って話してみる。遥さんも佳人さんも、事情がわかれば、きっと悪いようにはしないでくれる気がする」

「俺はおまえの親に嫌われてそうだから、俺がこうやって頼んだことは内緒にしてくれ」

「べつにそんなことはないと思うけど、わかった」

「黒澤くん。……なんて言っていいか……」

真理は整った顔をぐしゃぐしゃにしていた。

何も言わなくていいんじゃないかな、と冬彦は真理に穏やかに笑い掛ける。

真理の気持ちも、琢磨の気持ちも、すでにしっかり受け止めていた。

＊

細川聡子《さとこ》が銃刀法違反の現行犯で警察に連行され、襲われた被害者の佳人と、助けに入った遥も事情聴取を受けた。

二人揃って警察署を後にしたのは午後五時前だった。今から買い物をし直して、急いで帰宅すれば、夕飯の支度は間に合いそうだ。

「あ、冬彦くんから返信来てる。午後の授業が終わってからおれのメッセージ読んだみたい」

『びっくりしました。お二人とも無事だったとわかって一安心。ですが、どうか今後は無茶しないでください。寿命が縮みます！』

『僕のほうも、いろいろ解決しました。帰ってから話します。今日も放課後体育祭の練習があるので、帰り着くのは七時くらいだと思います』

冬彦のメッセージは二つに分けて届いており、いろいろ解決した、という文句に、イジメ問題のほうにも何か進展があったらしいと察せられた。

物事が解決するときは、今まで滞っていたあれもこれもが、一気に新たな展開を見せることがままある。今度もどうやらそのパターンのようだ。

聡子は素直に罪を認めているらしい。

黒澤家にしてきた嫌がらせもすべて自分がやったと言っているそうだ。火事を起こしたことで理性の箍《たが》が外れ、ここで一思いに片をつけ、自分も死ぬつもりだったと供述したそうだが、腑に落ちない点もあるので、慎重に捜査を進めると所轄の刑事が言っていた。

遥と買い物をして帰り、すき焼きの用意をして待っていると、冬彦が七時前に帰宅した。今日も騎馬戦の練習をしたそうだが、また事故が起きないよう、教師たちが神経を尖らせていて、終了時間も早目になったと言う。

「大江くんと話しました。もう変なことは起きないはずです。大江くんは今後一切イジメに加担しないと約束してくれて、その言葉を信じていいと思います」

「彼はクラスのボス的存在みたいだから、大江くんがもうしないと言えば、イジメ問題は落ち着きそうだね。これから受験に向けての準備が本格化して、皆他人にかまってる余裕なくなるだろうし。一段落したと考えていいのかな」

「はい。僕にだけじゃなく、イジメそのものを止めると言ってました。本人もいい加減潮時だと感じていたみたいです。子分たちの手前、引き際を探していたところもあったようで。内申書にも響きかねないしと、不承不承っぽく突っ張ってましたが、案外根は悪くない気もしてきました。僕のことは相変わらずいけ好かないと思ってるでしょうけど」

「どうかな。蓋を開けてみたら、長い付き合いの親友になっているかもだよ」

「佳人さんなら、こういう場合でも、そうなりそうですね。僕はどうかな。佳人さんほど人間ができてないから」

「おれより冬彦くんのほうが人間ができていたら、おれ、立つ瀬がないんですけど」

佳人はまんざら冗談でもなく言って、困った顔をして見せる。

「それより冬彦。真理の話は本当なのか」

遥が話の軌道を修正する。

「本当です。向き合って話していても、お母さんを庇って嘘を吐いているとは思えませんでした。お母さんのこと、放課後担任の先生から聞いたそうなんですが、逮捕されたお母さんが、放火も自分がやったと言っていると聞いて、どうしようとひどく動揺していました」

「聡子さん、娘を庇って、放火の罪も自分が被ると決めていたようですね。最初から一貫してそう証言しているみたいです」

「本人の意志が固いのなら、俺は中学生を犯罪者にはしたくない気持ちがある。反省も後悔もしているようだから、再発の可能性は低いと司法も判断するだろうしな」

「おれも遥さんと同じ意見です」

周囲が注意深く見守ってやれば、真理がまたこんなことをする確率は低そうだ。父親も近く退院するようだし、真理を世間の好奇の目に晒す必要はないと思われる。

「僕も、大江くんと一緒に、クラスメートとして細川さんを支えられたらと思っています」

佳人は遥と視線を交わし、頷いた。

「わかった。おれたちは何も言わないことにする。警察が細川聡子さんの供述に従って起訴したときは、貴史《たかふみ》さんにこの手の事件を扱い慣れた弁護士さんを紹介してもらったらどうかな」

「ありがとうございます。弁護士さんのこと、細川さんに伝えます」

冬彦の顔が安心したように明るくなる。

「執行《しぎょう》は、今度白石弘毅《しらいしこうき》弁護士事務所に移るんだろう。確か、辰雄《たつお》さんのところの弁護も引き受けて完全勝訴に持ち込んだことがある凄腕だ。頼れるなら、頼ってもいいと思う」

「東原《ひがしはら》さんみたいなお仕事の方の裁判を完全勝訴にするって……確かにすごい」

「辰雄さんのお気に入りだ」

白石弁護士のお気に入りが貴史で、その貴史は東原の唯一の情人だ。そう考えると、貴史が一番すごいのかもしれない。

「貴史さんには、今度、先日の調べもののお礼を兼ねて食事をご馳走することになっているので、そのとき聡子さんのことも話してみますね」

「俺からもよろしく言っておけ」

「はい」

とりあえず黒澤家で起きていた出来事も、冬彦が同級生に受けていたイジメも、決着がついたと考えてよさそうだ。

憂いが失せて、三人ともすっきりした心持ちで、すき焼きを食べた。

肉は、遥がいい肉を使いたいとき利用する、昔ながらの肉屋さんで買ったとびきりの品だ。

「柔らかくて、めちゃくちゃ美味しいです」

冬彦が顔を輝かせてかぶりつく姿を見て、遥は無言ながらも目を細めていた。

「肉ばっかりじゃなく、野菜も食べて。二人とも」

そう言う佳人も、つい肉に箸が伸びる。

「体育祭、二週間後だね」

楽しみにしている、と言うと冬彦は照れた顔になる。

「本当に二人で観に来るんですか」

「もちろん行くよ。こんな機会、たぶんもうないだろ」

「高校の体育祭は、家族は観にこないところがほとんどみたいですね」

「土曜なら、俺も元々休みだ」

遥も、喋ったときのテンションこそ低めだが、内心かなり楽しみにしているようなのが、目を見ればわかる。

「お弁当、張り切って作るね、遥さんと」

佳人の気の早い発言に、冬彦は声を弾ませ「はい」と返事をした。

7

週の途中に秋分の日が挟まったせいもあってか、次の一週間は過ぎるのが速かった。

「というか、先週がいろいろありすぎたんですよね」

冬彦の怪我に始まり、半日かけて病院での検査、その夕方に小火騒ぎ、さらに翌日包丁を振って襲われ、警察で事情聴取を受けることになった。ジェットコースター並みに次から次へと上下左右に揺さぶられ、待って、ちょっと待ってとテンパっているうちにゴールに着いていた。だいたいそんな感じだ。

「今週は何事もなく終わりそうでよかったです」

「ここで落ち着いて晩酌できて、週の締め括りとしては満足だ。俺的にはな」

月見台で、夜更けに遥と二人でゆっくりするのは、佳人にとっても最高の過ごし方だ。入浴を済ませ、後はもう寝るだけにしておいて、遥の好きな辛口の冷酒と、つまみを何品か用意する。そうして酒を注ぎ合いつつ、常夜灯の控えめな明かりに浮かぶ真夜中の庭を眺め、ポツポツと言葉を交わす。贅沢な時間を満喫していると思う。

「冬彦はもう寝たのか」

「そろそろ一時だから、さすがにもう休んでるんじゃないかと。今日は昼間もずっと部屋で勉強していたみたいだし。学校では月曜から、体育祭の準備と練習が最優先になるっぽいですよ。本番まであと一週間ですもんね。学生はあれもこれもしないといけないから、ほんと大変だ」

「大変と言えば、その後イジメは止んだのか」

「ええ。ピタッとなくなったそうです」

琢磨は約束を守り、子分たちにも「俺のメンツを潰すやつは……わかってるだろうな？」と脅しを掛けたらしい。どこかの誰かを彷彿《ほうふつ》とさせるボスぶりだが、話せば意外にサバサバしていて付き合いやすいと冬彦は言っている。たいがいのことには動じない冬彦ならではの受け取り方かもしれない。肝の据わり具合は、元極道の幹部だったという祖父譲りのようだ。

「案外気が合うのかもな」

スウェット上下で座布団に胡座《あぐら》をかいた遥が、ガラスの盃を口元に近づけつつ言う。ラフな格好をしていても、横に肘を張った腕の形と、盃の持ち方が見惚れるほどかっこよく、映画のワンシーンを見ている気になる。

「なんだ？」

佳人の視線があからさまだったせいか、遥に揶揄する眼差しを返される。

「あ、いえ」

佳人は軽く咳払いし、なんでもないです、と取り繕う。少し心臓が鼓動を速めていたが、よくあることだ。平静を装い、話を続ける。

「結局、細川さんのお母さんは、放火も自分がやったと主張し続けているんですよね。真理ちゃんには黙っているように言い含めて。真理ちゃん、ずいぶん悩んで、辛そうだったので、琢磨くんと冬彦くんの二人で、お母さんの親心を汲《く》んでここはそういうことにしておこうと説得に回ったそうです。今はだいぶ落ち着いたみたいだと冬彦くんから聞きました」

「俺もおまえもそれで異論はないと冬彦に言ったからな」

「はい。小火以外の小さな嫌がらせは届け出ないことにしましたしね」

「包丁向けられて襲われたおまえが情状酌量を願い出たこともあるし、起訴されても執行猶予がつくだろうと執行が言っていたな」

そうならいいと佳人も祈っている。

「細川運輸さんの倒産は、大口の取引を巡って正当に競っていた遥さんの会社の責任じゃなくて、完全な逆恨みですけど、社長の旦那さんが過労で倒れて、お母さんも精神のバランス崩しかけていたようなので、もうこれ以上は追い詰めたくないなと。おれも親の会社の倒産で辛酸《しんさん》嘗《な》めたクチだから、他人事の気がしないんですよね」

「べつに俺も責任は感じていないが、たまたま冬彦の同級生の家のことだったのは何かの縁だと思い、退院した細川に会ってきた」

「えっ。知りませんでした。ご自宅を訪ねたんですか」

ああ、と遥は頷く。

「妻が申し訳なかったと謝られた。そんなつもりで来たわけじゃないと言ったんだが、なかなか頭を上げてくれなくてな。おまえにもあらためて謝罪したいと言われたが、気持ちだけでいいと断っておいた」

「はい。おれも謝罪とかは求めてないので、それで十分です」

細川自身は恨みつらみなど抱いておらず、入院先で妻が起こした事件を知って驚いたらしい。妻の逮捕で、娘を一人で家に置いているのが心配で、退院日を早めたそうだ。

「初対面だったんだが、評判通り実直そうな人物だった。家族思いで、長年身を粉《こ》にして働いてきたんだろうと思わせる苦労人っぽさがあった。また一から出直す、と言っていたな。俺も働き口の紹介くらいならできるかもしれん。余計な世話でなければだが」

言い方は淡々としているが、できるだけのことをしようとするのが遥らしい。うわべはそっけなく、冷たい人間と思われがちだが、実は人一倍情に厚く義理堅いのだ。競合していた相手であっても、窮地を見て見ぬ振りしない遥の心根は、細川にもきっと通じたに違いない。

「いい仕事が見つかるといいですね。ご家族のためにも。真理ちゃんが進路を考え直さないといけないような状況になったらかわいそうだし」

「細川もそれを一番気にしていた。まぁ、就職先はなんとかなるだろう」

遥はまんざら当てがないわけでもなさそうに言い添える。

「結局、琢磨くんとは、真理ちゃんのことで秘密を共有する関係になったので、逆に今はクラスで一番よく話しているくらいかも、と冬彦くんが言ってました」

イジメ問題が解決しただけでなく、琢磨のほうからちょくちょく話し掛けてくるようになり、周囲も琢磨が冬彦に悪質に絡まなくなったことを概《おおむ》ね喜んでいるらしい。居心地悪さやりにくさが失せ、クラスの雰囲気がよくなって助かったと、直接言われもしたそうだ。

「雨降って地固まるだな」

「そういうことって、ありますよね」

「最初から大江は、冬彦に関心を持っていたようだから、イジメは拗らせた挙句の天《あま》の邪鬼《じゃく》的なものだったんだろう」

「何かきっかけがあって腹を割って話したら、それまで反目していたのが嘘みたいに仲良くなったりするから、人間関係、捨てたもんじゃないなと。逆に、今まで良好だった関係がちょっとしたことで反転することもあって、裏目に出ると怖いとも思いますが」

いずれにせよ、冬彦もまた、遥や佳人と同様になかなか濃い人生を歩んできており、年齢の割りに達観したところがあって、少々のことでは動じない強さと、他人を許す懐《ふところ》の深さを持っているので、琢磨とはこの先もいい関係を築ける気がする。

「そういえば、琢磨くんは真理ちゃんに告白したらしいですよ」

「ほう」

遥は僅かに眉尻を上げ、まんざら興味なくもなさそうな顔をする。

「残念ながら、真理ちゃんのほうは幼馴染みとしか思ってなかったから、急にそんなこと言われても困る、今はそれどころじゃなくて、そういうこと考えられない、って返事だったみたいですが、琢磨くんは可能性はゼロではないと前向きに捉えたようですね。冬彦くんも、琢磨くんにあらためて聞かれて、真理ちゃんには恋愛感情はないとはっきり答えたと言ってました。それもあって琢磨くん、気持ちに余裕を持てるようになったんじゃないかな」

「受験が終わって一段落する頃には、細川家の事情も変わっているだろうし、それまで大江が真心を見せて彼女に寄り添ってやっていたら、返事は変わるかもな」

遥の口から希望的観測を聞いて、佳人はふふと目尻を下げた。

「おれもそう思います。なにせ真理ちゃん、琢磨くんを振ってはいませんもんね」

中学生くらいの頃の恋は、体より心が疼《うず》いて、実際に心臓に大いに負荷をかけていたなと懐かしく思い出す。純粋に、好きという感情に振り回されていた。佳人は恋愛経験値が低いほうだと自認しているが、いいなと思う子はいた。その子と一緒に下校するだけで舞い上がりそうなほど嬉しかったものだ。ずっと喋っていたい、時が止まってくれたらいいのにと願いつつ、分かれ道までを肩を並べて、ことさらにゆっくりと歩いた。

「意外に思われがちですが、おれ、中学とか高校の頃は奥手だったんですよ。クラスの男子の間でこっそり回し読みしていたエロ系の雑誌とかもそこまで興味なくて。大人になったら何するのかとかは、なんとなく知ってましたけど、そういうこと今したいとは思わなかったんですよね。おかげでデートらしきことしてもキスもしようとしないから、意気地なしだとか、見掛け倒しとか、退屈だとか、相手の子をがっかりさせていたんだろうな」

「俺はそもそも恋愛なんかしてる余裕もなかったが、付き合ったとしても、きっとおまえと似たり寄ったりだっただろう」

「そう言ってましたよね、前にも。ちょっと嬉しいです。一緒だと思うと」

遥とは似た者同士だと感じるところが結構ある。知れば知るほどその感触が強まっていく。

遥は手にしていた盃に口を付け、冷酒をクイと飲み干した。今度は手酌で盃を満たす。透明なガラスの急須型をした酒器が、それをもって空になる。朱塗りの盆に戻す際、端のほうに寄せ置くしぐさで、今夜はこれで打ち止めにするのだと察せられた。

「おれたちも、そろそろ休みますか」

遥が最後の盃を空けるのを見届け、佳人は思わせ振りな眼差しを遥に送った。

明日、いや、日付はとうに変わっているのでもう今日だが、今日は日曜なので、朝少し寝過ごしたとしても許されるだろう。

遥は色香の漂う溜息をフッと吐き、膝を立てて座布団から腰を上げる。

酒器に二合入れていた冷酒のほとんどを遥が飲んだが、相変わらずウワバミで酔いのかけらも感じさせない。

盆を手に台所に行く遥をいったん見送り、月見台を片付け、仕切りのガラス戸を施錠してから後を追う。使った食器類はすでに食器洗い乾燥機に収まっていた。洗い物に時間をかけたくないときは重宝する。

遥と一緒に一階の電気を消して回り、戸締まりを確認し、寝室に引き取った。

風呂上がりに着ていたスウェット上下を脱いでベッドに潜《もぐ》り込む。

遥もボクサーパンツ一枚になって佳人の隣に入ってきた。

室内は仄暗い。ベッドサイドチェストの上のテーブルライトを、小さく絞ってつけている。

ギシッと僅かにスプリングを軋《きし》ませ、遥が佳人の上に覆い被さってきた。

佳人も下着以外は身に着けておらず、体重をかけて腹の下に敷き込まれ、肌と肌を密着させると、遥の熱がダイレクトに伝わり、昂《たかぶ》った。

「心臓の音、聞こえてます?」

「ああ」

佳人にも遥の鼓動がしっかり届いている。

ほんの少しずれてリズムを刻む二つの心臓の動きに、しばらく意識を向ける。ぴったり重ならないのが、かえってよかった。遥が生きていることを実感する。その上で、互いの一部を接合させて繋がり、一つになるのが好きだ。するたびに、これ以上に相手の存在をつぶさに感じる行為はないんじゃないかと思い、感動に似た気持ちを味わう。

遥の指が佳人の体をまさぐりだす。

頬や額、耳の裏、顎の先、無遠慮だが愛情の籠もった指遣いで撫でられ、くすぐられ、快感に引き攣る肌の感覚を確かめられる。

佳人からも、綺麗に背筋のついた遥の背に手のひらを滑らせたり、精悍《せいかん》な美貌を見上げて顎のラインを指で辿ったりしていたが、「じっとしていろ」と遥に言われ、従順に腕をシーツに下ろした。

完全に受け身になると、与えられる愛撫に意識を集中するしかなくなる。

巧みな指技で敏感な部位を弄《いじ》られるたび、淫靡《いんび》な刺激が走り、ビクビクと身を震わせる。

喉仏を撫で下りた手が鎖骨の形をなぞり、腋《わき》まで伸びて窪みに指を踊らせる。

腋窩《えきか》から体の側面に掛けてのラインも弱みの一つだ。撫でられるたび芯を嬲《なぶ》られるような猥《みだ》りがわしい痺れが生まれ、じっとしていられず頭を左右に動かす。

触れられる前から尖って硬くなった乳首が、夏の間もあまり焼けなかった白い肌の上でアクセントのようになっている。

「いやらしいな」

こうやって佳人を組み敷いているとき、絶大な効果を発揮する艶っぽい低音ボイスで囁かれ、佳人は堪《こら》えきれずにあえかな声を洩らした。

「ずるい、遥さん」

官能を揺さぶられて耳朶まで慄《わなな》かせて陶酔に浸る中、胸の突起を口と手で責められる。

唇に挟んで柔やわと揉みしだかれ、舌先でくすぐられたり、弾かれたりする一方、もう片方を指で捏《こ》ね回され、摘《つま》み上げられる。その上、交互に口に含んできつく吸われ、舌で転がされ、軽く歯を立てて刺激され、と思いつく限りのやり方で快感を与えられ、たまらず喘ぐ。

「遥さん、ンッ……あ、あっっ」

二階に冬彦が寝ていると思うと、乱れた声を出すのを躊躇い、耐える癖がついた。これまでにも、遥に対して意地を張り、声を抑えようとすることはあったが、それより今のほうが絶対聞かれたくない気持ちが強く、切迫感がある。そうやって神経を尖らせているせいか、かえって感度が上がって悦楽を受けやすくなるようで、些細な愛撫にも過敏に反応してしまう。

手の甲で口を塞ぎ、身を捩《よじ》って快感を紛らわそうとする。

その手を遥に引き剝《は》がされ、代わりに唇で覆われた。

柔らかく湿った粘膜同士を接合させ、啄《ついば》み合う。

心地よいキスに酔い痴れる間も、遥の手は佳人の体を這い回り、性感を高めていく。

触れられたところが熱を持ち、指先を掠められただけでビリリと淫らな疼きが下腹部を突き上げ、佳人を悶えさせる。

「中学生だったときには、同性とこんなことするようになるなんて、想像もしませんでした」

荒らげた息を吐きながら、月見台でしていた昔話を思い出して言う。

「俺もだ」

遥の唇が落ちてきて、佳人が洩らす湿った息ごと奪うように再び深く口づけられる。

「う、ふ……っ」

薄く開けていた隙間を割って濡れた舌が入ってくる。

感じやすい口蓋《こうがい》を舌先で舐め回され、剝き出しの神経をくすぐられるような感覚に、堪らず顎を反らす。

飲み込み損ねた唾液が、つうっと糸を引いて唇の端から滴《したた》り落ちていく。

遥の弾力ある舌に搦《から》め捕《と》られ、強く吸引された舌の根が痺れたようになる。

濃厚なキスに頭がぼうっとしてきて、欲望が昂まり、体がどんどん熱を帯びてくる。それでもなお声を押し殺す努力はやめない佳人を、遥は「強情だな」と揶揄した。

「こういうときの声、聞かれていいのは、遥さんにだけです」

喘ぎ喘ぎ言い返す。

「その通りだ」

遥は満足そうに薄く笑い、頸《うなじ》に顔を埋めてきた。

首筋を舐められ、ゾクゾクして顎を震わせ、あえかな声を洩らす。

「冬彦には想像されたくないだろう。こんなふうに俺に抱かれて、恥ずかしい格好で乱れまくってるところなんか」

「そ、そんな言い方……！」

煽るようなセリフを耳元で聞かされ、羞恥でカアッと頬が火照《ほて》ってくる。

「おまえがそうやって声を抑えて、俺にしがみついていれば、冬彦が起きる心配はない」

太腿を膝で割って開かされ、腰を撫で下りた手が双丘の間に差し入れられる。

「あっ、あ……っ」

窄《すぼ》んだ後孔の、まだ乾いたままの襞《ひだ》を探り当て、唾で濡らした指を捻り込まれて、遥の肩に縋《すが》りつく。

長い指が、狭い筒の内壁を押し広げつつ、ゆっくり進められてくる。

「はっ……あ。う……」

窮屈な場所をこじ開け、異物を埋め込まれ、内壁を擦り立てられる。

痛みはほとんどないが、抵抗感と圧迫感は何度この行為を経験しても失せない。けれど、摩擦によって生じる淫猥な刺激が悦楽に繋がってもいて、官能に満ちた吐息が口を突いて出る。やめてほしいとは露ほども思わず、むしろ、中である程度スムーズに動かせるくらいまで肉筒が解れてくると、もっと太いもので満たされたい欲が深まっていく。

一本だった指を二本に増やして挿《い》れ直され、嬌声《きょうせい》を放つ。

「ああっ」

自分でも耳を疑いそうなほど艶《つや》めかしい声が出た。

遥さん、と快感のあまり上擦《うわず》ったようになった声で呼ぶと、遥が口を合わせてきて、宥めるかのごとく唇を啄んだ。

「中が絡んできてる」

「言わないでください」

先ほどから後孔がはしたなくヒクつき、遥の指を貪婪《どんらん》に食い締める己のあさましさに、自分でも気づいていた。

「……体が、勝手に……」

我ながら言い訳がましいと思いつつ、自分ではどうすることもできないのも本当で、顔を赤くしながらぎこちなく訴える。

「おまえが気持ちいいなら、それでいい」

根本まで穿《うが》った中指と人差し指を抉《えぐ》るように回されたかと思うと、次には筒を広げるように二本をバラバラに動かされる。第一関節まで引き摺り出しては入れ戻す抜き差しを繰り返され、丹念に寛げる。

「そろそろよさそうだな」

ズルッと二本揃えて指を抜かれ、佳人は「はああっ、んっ」と喜色の混じった声を上げ、頭を左右に振った。乱れて打ちかかる髪の隙間から、遥の整った顔を見る。

普段見せる、むすっとした愛想のない表情の中に、佳人だけが知っている情欲を湧かせた色気を感じ、ゾクゾクする。

しなやかな野生の美獣に襲われ、奪い尽くされるようだ。

倒錯的な官能に浸され、下腹部がジンジン疼き、愛撫で勃起していた性器がいっそう硬く張り詰める。先端の小穴がうっすら湿ってきて、みるみるうちに先走りの淫液で亀頭を濡らした。

それを見た遥が、フッと揶揄する眼差しを向けてくる。

「そっちもあとでかまってやる。少し待て」

穏やかな命令口調にますます気持ちが昂る。

サイドチェストの引き出しに腕を伸ばす遥を見上げ、高まる期待を隠して平静を装うのに苦労した。そんなことをしても遥には佳人の欲求は隠しようもないとわかっているが、取り繕わないと恥ずかしくて居たたまれない。何度体を重ねても羞恥心だけは失せないし、佳人自身、なくさないでいたいと思っている。遥も、いちいち面倒くさいとは思っていないようだ。

両脚を開かされ、尻が上向くように腰を抱え上げられる。

薄暗く明かりを調節されているとはいえ、秘部を曝けだし、それを遥に見られていると思うと頬が熱くなる。顔を横に倒して羞恥をやり過ごす。

潤滑剤を垂らした指が窄まりに伸びてきて、襞の一本一本を湿らせるように、ぬめった液を擦り付けられる。

普段は乾いている皮膚を濡らされ、本来とは違う目的で使用するために、秘めやかな部位の粘膜を捲り上げられ、そこにも潤滑剤をたっぷり施される。そうして、ぬかるんだ窄まりに指を穿たれ、筒の内側まで濡らされた。

ぬぷり、と卑猥な水音をさせて指が抜かれ、両脚を抱え直される。

期待にヒクつく窄まりに遥の猛った先端があてがわれ、その硬さと大きさに昂奮が高まる。

緊張を和らげるために大きく息を吐く。

そこを逃さず遥がズンと腰を入れてきた。

ズプッと襞を割って、ガチガチに張り詰めた肉棒が佳人の中に挿《はい》ってくる。

「はああっ、あっ！」

堪えきれずに声を出す。嬌声混じりの悲鳴が、シーツを擦る衣擦《きぬず》れの音と、二人が身じろぐ際に立つスプリングの軋みと合わさり、シンとした寝室を色めかせた。

「あ、あっ……遥さん。お願い」

「ああ」

口を塞いで、と言葉にしなくても遥は察して、噛みつくようなキスをしてきた。

「ふ……っ、う、う……ふうぅ……っ」

舌を絡ませ、貪るように吸い立てられて、脳髄が痺れるような悦楽に見舞われる。

濃厚なキスをしながら腰の動きも止めず、後孔に突き立てられた剛直をズズッと進めてこられ、最奥《さいおう》まで深々と貫かれた。

「ううう っ」

喉の奥でくぐもった悲鳴を上げ、足の指を攣りそうになるほど反り返らせる。

根本まで入り込んだ遥の陰茎が、佳人の中で生々しく脈打つ。

猛々しく屹立した熱くて硬いもので尻の奥をみっしりと埋められ、息をするたびにあえかな声を洩らしそうになる。

「いいか」

キスで濡れそぼった口元を、遥に親指の腹で拭われ、目を見据えて聞かれる。

佳人はこくりと頷いた。

もっとしてください、と遥の首に両腕を回して無言のうちにねだる。

「この先はおまえの口を塞いでやる余裕はないぞ」

「我慢します。できるだけ」

あられもない声を奔放《ほんぽう》に放つわけにはいかないという、自らに課した縛りが、かえって佳人を昂らせ、性感を高める要因になっているところがある。背徳感と共に淫靡な感覚を胸の内に忍ばせ、遥を誘う目で見上げる。

遥もまた、佳人がいつも以上に欲情していることに気づいているようで、いきなり荒々しい抽《ちゅう》挿《そう》を始めた。

括れた部分まで引き摺り出した陰茎を、勢いよく根本まで入れ戻す。

「ひっ、あ、あぁぁっ！」

衝撃の強さに佳人は顎を天井に向けて突き上げ、乱れた声を上げた。

頭の中が過度の快感で真っ白になる。

「ああ、あっ、う、あ！」

遥は動きを緩めず、立て続けに佳人の最奥を突き上げ、湿った粘膜を巻き込むように腰をグラインドさせ、抜き差しを繰り返す。

次から次へと休みなく襲ってくる悦楽に、どうにかなってしまいそうだった。

慎みもなく喘ぎ、シーツを乱して身動ぎ、遥を咥《くわ》え込んだまま腰を揺すって身悶える。

日頃から鍛錬《たんれん》を怠らない遥のタフさ、頑健な腰と、硬度を保ったままの陰茎に翻弄され、我を忘れて法悦に溺れてしまう。

感度が増して凝《しこ》った乳首を指で弄られ、ただでさえいやらしく膨らんでいたそこが、茱萸《ぐみ》のように赤らみ、肥大して、ズキズキと疼きだす。

「やめ、て……っ、おかしくなりそう」

「なっていい」

遥は切って捨てるような調子で言うと、自身も昂奮を鎮められなくなったかのごとく、痛いくらい感じるようになった乳首に吸いついてきた。

「はああっ、あっあっ」

辛いほどの快感に泣き声を上げ、首を振って、シーツの上でのたうつ。

乳首を吸い立てながら、ズズンッと腰を叩きつけてくる。

「ひい、いっ……！」

思わず体をヘッドボード側にずらしたが、遥に腰を掴んで引き戻された。

逃げた罰を与えるように、さらに奥まで腰を打ちつけられる。

「あああっっ」

すでに二階で寝ているはずの冬彦に聞かせないよう耐えられる状態ではなかった。

遥も頓着する様子もなく、いつも以上に激しく突いてくる。

防音対策は一般的な家以上に施されているとは承知でも、やはり、本当に大丈夫かなと気になるのだが、こうなるともうなりふりかまっていられない。

内壁をしたたかに擦り立てられ、乳首を交互にすり潰され、猛烈な性的快感が全身を間断なく襲う。

最後は声を出すのもままならなくなるほど息が上がり、泣きっぱなしで、遥が奥深くでドクンと脈打って熱いものを吐き出した途端、一瞬意識が遠くなっていた。

遥が達する直前、佳人も後ろで極めており、胴震いが止まっていなかった。

すぐに意識は戻ったが、遥はまだ佳人を貫き留めたままで、前に回した手で佳人の陰茎を揉みしだいていた。

「だめですっ、ん、んっ」

後ろで達した余韻が残ったままの体はとてつもなく感じやすく、まだ突っ込まれたまま前を弄られると、快感の強さに体が吹き飛びそうになる。

「ああっ、いや……っ、あっ」

本音は嫌ではないのだが、頭が沸騰したようになっていて思考が回らず、言葉を選べない。

佳人が身を揺すって悶える様に、遥も欲情を刺激されるのか、中に埋まった陰茎が徐々に硬度を取り戻し、嵩《かさ》を増していく。

「は、遥さん」

「ああ」

遥がゆったりと腰を動かす。

さらに陰茎が大きくなるのがわかった。

「遥さん、おれもう……」

さすがに怯んで口走ると、遥が手で口を塞いできた。

「もう少し付き合え。朝は起きなくていい。冬彦には俺が飯を食わせておく」

「え、でも」

そんなことになれば、夜何をしていたのか一発で勘づかれそうだ。男同士でもすることをしているのは、冬彦も知っているだろう。

「俺はまだ満足してない」

そう言われると、佳人も抗《あらが》えなくなる。求めているのは佳人も同じだ。

「じゃあ、あと一回だけ」

フン、と遥はおかしそうに口を緩め、佳人を冷やかすように見る。

「その前に、まず、これを出してしまえ」

遥は言うなり緩慢にしていた手の動きを盛んにする。

遥の手に握り込まれ、皮を上下に巧みに扱《しご》かれ、先走りを浮かせた亀頭を、指の腹で撫で回される。

「あ、あ、あっ」

声が止まらない。

横寝の姿勢で、背中を丸めて前屈みになりながら、小刻みに喘ぎ、爆発に耐えた。

遥が繋がったまま器用に体勢を変え、佳人をうつ伏せにして、膝を立てて腰を掲げる姿勢を取らせる。

「あああっ、あぁっ」

抽挿しやすくなった状態で、大きく腰を揺さぶられ、前を擦る手を速められる。

枕に顔を埋めても、声は抑えきれず、泣きながら遥の手に射精した。

体が吹き飛びそうなくらいの法悦に見舞われ、膝を崩してシーツに突っ伏す。

遥も二度目を佳人と一緒に極めたようで、後孔から柔らかくなった陰茎をズルッと抜かれた。

その感覚がまた淫猥で、ゾクゾクして肌が粟立《あわだ》つ。

「俺とするのは、もうたくさんか」

汗ばんだ体を寄せてきた遥が聞いてくる。

「あいにくと」

ようやく息が整ってきたところだった佳人は、うつ伏せにしていた体を反転させ、仰向けに寝直して傍に寝そべった遥の胸に頭を埋めた。

遥の指が佳人の髪を優しく弄《もてあそ》ぶ。

「遥さんは、どうですか」

「枯れるには早い。俺の相手はおまえだけだ」

ぶっきらぼうだが、最高に嬉しい言葉をもらい、佳人はいっそう遥に身を擦り寄せた。

「……もう一回、してもいいですよ、おれ」

遥の返事は、舌を絡ませる熱い口づけで返ってきた。

8

冬彦が珍しく緊張した面持ちで帰宅したのは、体育祭を明後日に控えた木曜のことだ。

「どうしたの。学校でまた何かあった？」

明らかにいつもと様子が違い、「ただいま」と言ったきり二階の自室からしばらく出てこない冬彦に、佳人は遠慮がちに声を掛けた。

構いすぎてもよくないが、何かサインを出しているのかもしれないと思うと、とりあえず聞くだけ聞いてみようと意を決し、ドアの前に立った。

ガチャリとドアが開き、部屋着に着替えた冬彦が、狼狽えたように顔を見せる。

「えっ、あっ、ごめんなさい！」

どうやら冬彦は、佳人を心配させる気はまったくなかったらしい。

「違うんです。イジメとかそういうのはもうあれから全然なくて、大江くんとも嘘みたいにいい関係です」

「だったらいいけど。なんとなく、元気がない気がしたから」

「あの。実は体育祭で……」

冬彦が自分でも半信半疑といった戸惑いを露《あらわ》にして言う。

ひょっとして、何か重大な事故でも起きて、体育祭が中止になりそうとかなのだろうか。佳人の頭にまず浮かんだのはその可能性だった。今のところ学校からは何の連絡もないが、今夜か明朝にでも父兄用の連絡網に知らせが届くのかもしれない。

九月中旬から毎日のように練習や準備作業をしてきたのに、それはかわいそうだ。冬彦もがっかりして元気もなくすだろう。佳人自身、遥と応援しに行く気満々だったので残念だ。

先走ってそこまで考えてしまったが、そうではなかった。

「実は、僕、クラス対抗リレーに、急遽繰り上げで出ることになったんです」

「ええっ」

勝手に心配したのとは真逆の話で、佳人は思いがけない事態にびっくりしてしまった。

「えっ、冬彦くん確かタイム測ったとき三位で補欠だったんだよね」

「そうなんです。何事もなければ、僕は出ないはずだったんですけど」

「繰り上げってことは、選手の子に何かあったの？」

代わりに冬彦が走ることになった嬉しさ半分、出られなくなった子を慮る気持ち半分で、感情を抑えて聞く。

「二番になった子が今日の練習中に足を捻挫して、お医者さんに診てもらった結果、明後日の本番までに完全に治すのは難しいと言われたみたいで。……めちゃくちゃ泣いてました」

なるほど、と事情を聞いて納得する。それは冬彦も複雑だろう。

「クラス対抗リレーはガチ勝負の種目で、一年も二年も万全の態勢で準備してきているので、三年で最後だから記念出場させてやりたい気持ちは皆にあるけど、それで結果に響くのは本人も嫌だろうということになって。実際、当人もそれはその通りだと言ってるんですけど」

「ああ、もう、その子のことを考えたら、胸が痛いね。悔しいだろうね」

佳人は出場するはずだった子の気持ちになって心の底から同情すると同時に、代わりに走ることになった冬彦の背中を押した。

「その子は本当に気の毒で、残念だったけど、冬彦くんは、その気持ちと出場することは切り離して考えて、当日堂々と走ればいいと思うよ。捻挫は冬彦くんのせいじゃないでしょ？」

「はい。彼、毎日遅くまで練習していて、疲労で足を縺れさせて転倒したみたいです」

「誰のせいでもないんなら、冬彦くんが気まずく感じる必要ないよ。それとも、責任の重大さに気後れしてる？」

冬彦を元気づけようと、あえて軽口を混じえた言い方をする。

「めちゃめちゃ緊張しています」

佳人の思惑を汲んでか、冬彦はうっすらと笑ってくれた。

「大江くんにも、佳人さんと同じようなことを言われたんです。おまえのせいじゃないんだから、よけいなこと考えずに、とにかく走れ、あいつの分もおまえが走れ、って」

「いいこと言うね、大江くん」

その言葉からして、琢磨と冬彦が良好な関係性を築いていることが察せられ、佳人はそれに何よりも安堵した。事件以来、むしろ他の同級生とより話す機会が増えたとは聞いていたが、あらためて本当なんだなと確信できた感じだ。

「大江くんがアンカーで、僕は第三走者を務めます」

躊躇いを払いのけたような力強い口調で、冬彦が言う。

うん、うん、と佳人は笑顔で大きく頷いた。

「男女別のレースで、男子も女子も一年、二年、三年の順にバトンを繋いでいくんです。下級生たちが何位で来るかわからないけど、僕は一つでも順位を上げて、二人目の一年生にバトンを渡します」

言葉にするうちに、だんだんと冬彦の表情が明るさを増していき、落ちかけていた自信も取り戻していくようなのがわかった。

「もう明日一日しかないけど、そんなわけで僕はリレーの練習に専念することになりました。大江くんとバトンタッチの練習をする約束をしたので、明日は体育祭前日だけどまたちょっと遅くなります。でも、心配しないでください」

「わかった。遥さんにも言っとく。だけど、くれぐれも無理は禁物だよ。帰ったらしっかり食べてぐっすり寝て、本番がんばって」

「はい」

冬彦は子供らしく元気な明るい声で返事をすると、佳人と一緒に一階に下りた。

「佳人さんと話したら、気持ちが落ち着いて、急にお腹が空いてきました」

「もう夕飯の準備できてるよ。先に食べよう。遥さんは八時過ぎになるみたいだから」

「今日は何ですか」

「ロールキャベツとカポナータとポタージュスープ。明日はゲン担ぎでトンカツにするつもり。楽しみにしてて」

「わぁ。ありがとうございます！」

冬彦が喜ぶ顔を見せてくれると、佳人の気分も上がる。

遥が帰ってきたら、さっそくリレーに出場することになったことを報告しよう。遥がどんな顔をするか楽しみだ。想像するだけで頬が緩む。

冬彦と二人で晩ごはんをすませ、後片付けをしていると、予定より少し早く遥が帰宅した。

「そうか」

佳人から話を聞くと、遥はちょうど風呂から上がってきた冬彦に、「楽しみだ」と声を掛けた。

冬彦は「はい」と照れたように返事をする。

端で見ていた佳人は、この二人、血は繋がっていないけれど、どことなく醸し出す雰囲気が似ていて、全然事情を知らない人の目には、もしかすると実の親子だと映るかもしれないな、と思った。口数が少なく、落ち着き払って淡々としているところなんかも、そっくりだ。

冬彦が勉強しに二階に上がったあと、佳人は遥が晩飯を食べるのに付き合った。

一人で食べるときは、遥は食堂に行かず、茶の間でささっとすませることが多い。今夜もそれで、佳人は遥の傍らで紅茶を飲みつつテレビをつけていた。世界遺産を紹介する旅番組で、画面を眺めながら遥とポツポツ話をする。

「明日の晩は体育祭に持って行くお弁当の下拵《したごしら》えをしないといけませんね」

「何を詰めるか決めているのか」

「はい。だいたいは」

何はともあれ欠かせないのは鳥の唐揚げだ。付け合わせのポテトサラダも必要だし、ナポリタンも色といい人気度といいあるべきだろう。ゆで卵も同様だ。大人向けにはピクルスと煮物が欲しい。あとは、おにぎりとちまきを作ろうと思っている。

「なるほど。明日は俺も六時過ぎには帰れそうだ。手伝おう」

「助かります」

遥のほうが断然手際がいいので、一緒に作れば鬼に金棒だ。

「あ、でも、当日は朝一番に学校に行ってもらっていいですか」

冬彦たちの中学では、毎年父兄が観覧エリアの場所取り合戦を繰り広げる習わしだと聞いている。その役目はひょろっとした佳人より、遥のほうがなんとなく適任の気がして、遥に頼もうと考えていた。

「……そういうのは、不得手だが」

話を聞くと遥は仏頂面になったが、だめだと断りはしなかった。

「まぁいい。行けばいいんだろう」

「ありがとうございます！　シートはちゃんと用意しておきますから」

「ああ」

むすっとした顔つきは変えないが、冬彦の中学最後の体育祭は佳人に負けず劣らず楽しみなようで、嫌がりはしていなかった。

「ただし、あまりいい場所に敷いてこられなかったとしても、文句は言うなよ」

「もちろんです」

遥も体育祭観戦に乗り気で、いろいろと協力を惜しまないでくれて、ますます当日が待ち遠しくなる。

「体育祭のあと、下旬には文化発表会もあるみたいですが、冬彦くんは剣道部なので、観るだけで出品したり舞台に出演したりはしないそうです。高校のときは結構賑やかに模擬店とかも出ていた記憶があるんですが、そういえば中学ではあんまり文化祭の記憶はないですね」

「俺も覚えてない。体育祭はやっていたが、文化祭はなかった気がする」

「そういう意味でも、体育祭、無事に開催されて、冬彦くんが納得のいく走りを披露してくれるといいですね」

「そうだな」

「真理ちゃんも、だいぶ元通りの明るさを取り戻してきているらしいですよ」

ふと思い出して言い添える。

「細川聡子さん、起訴されましたけど、初犯だし、情状酌量願いも出ていることから、前にも話した通り、まず執行猶予付きの判決になるだろうと貴史さんが言っていました」

「そうか」

結局、白石弘毅弁護士を頼るまでもなく、貴史の知り合いの傷害事件をよく扱う弁護士が担当してくれることになったのだが、それで十分だったようだ。

「体育祭が終わって一段落したら、あいつにも礼を言っておかないといけないな」

「はい。また食事に行こうと約束しているので、そのときでもいいですし、遥さんと三人か、もしくは東原さんも誘って四人で久々に顔を合わせるのもありですかね。冬彦くんはそこに交じっても退屈でしょうから、お友達と一緒のときがあればなおいいかな」

「四人の予定を合わせるのは簡単じゃなさそうだ。ひとまず、執行のことはおまえに任せる」

「ですね。わかりました」

話しながらも、遥は明後日の場所取りの大役が微妙に気に掛かっているらしく、途中から何となく上の空なところがあった。

生まれて初めてだ、と苦々しそうに呟き、眉根を寄せる。

東原あたりが知ったら、向こう数年はこれをネタに遥を冷やかしそうだ。

佳人にしても、冬彦のおかげで、佳人と二人では決して見られなかっただろう姿を見られそうで、興味深くてたまらない。少しでも気を緩めると顔が綻びかける。遥に知られたら嫌な顔をされて、機嫌を損ねかねないので、気をつけている。

「そうだ。照る照る坊主」

佳人はふと思いつき、遥に伺いを立てる。

体育祭当日の晴れを祈願して、子供のとき以来になる照る照る坊主を作り、月見台の軒下に吊り下げておきたい。

そう言うと、遥からは、まんざらでもなさそうに「好きにしろ」と返ってきた。

*

照る照る坊主が効いたかどうかはわからないが、体育祭当日は見事な秋晴れになった。

組体操もフォークダンスも玉転がしも棒倒しも佳人にとっては懐かしい限りで、世間知らずだった中学時代のことをいろいろ思い出した。

遥もどこか感慨深い眼差しで、競技を観ていた。

大きな声を出して応援したりはしなくても、遥も冬彦が出場する競技になると身を乗り出し、膝のあたりで拳を握ったりしていて、遥なりに体育祭を楽しんでいるのがよくわかる。

騎馬戦では、冬彦たちが作る騎馬を見失い、早々に負けて座っているところを見ることしかできなかったが、昼休憩でお弁当を食べるときその話をすると「あっという間でした」と快活に笑って赤い帽子を目深に被り直していた。

こういう子供らしい一面を見るのも初めてな気がする。冬彦たちの中学が、父兄の観覧を認めてくれていて、本当によかったと思う。

午後の競技は、赤組と白組に分かれての、応援合戦から開始された。

「うわぁ。冬彦くん、学ラン着て一列目にいますよ。カッコいい……！」

聞いてなかったので、嬉しい驚きに声を弾ませる。

「……あいつ、また背が伸びたんじゃないか」

「かもしれませんね。おれはもうだいぶ前に抜かれてるんで、伸びるだけ伸びてくれたらいいなと思ってます」

「そうか」

まだ抜かれてはいない遥は、微妙な顔をする。抜かれるだろうと口にはするが、まだ割り切れてはいないようだ。そういう妙な負けず嫌いさを見せる遥も、なんだか可愛げがあっていい。

体育祭最大の花形競技である縦割りクラス対抗リレーは、プログラム最後の競技だ。

冬彦たちの学校では、三学年合同の縦割りでクラスごとにチームを組む方式がとられている。

「いよいよですね」

選手たちがスタート地点に姿を見せると、佳人まで心臓がバクバクしてきた。

冬彦も選手の中にいる。一年生、二年生と比べると三年生はぐんと身長が高く、体つきも大人と遜色ないくらい立派になってくるので、遠目にも頭ひとつ抜けた感じだ。

大江琢磨の姿もある。冬彦と並ぶと、二人揃って見栄えがして目立つ。これまでのことを何も知らずに二人を見たら、親友同士かと思うようなしっくりくる感じがして、これから先、進路が分かれても友達付き合いができるならそれにこしたことはないなと思った。

「始まるぞ」

遥に言われ、佳人はトラックに目を向けた。

まだ幼さの残る一年生の第一走者が、緊張の面持ちで四人、スタートラインに並んでいる。

「位置に着いて」

コールが掛かり、ぶわっと緊張が辺り一面に漲《みなぎ》った。

「よーい」

次の瞬間、パァンと鉄砲が鳴り響く。

一年生が一斉に走り出す。

ものすごい速さだ。そして、ものすごい競り合いだ。

さすがはどの学年も俊足を揃えてきているだけのことはある。

「バトンタッチ。うまくいきますように」

冬彦が一番心配していたのはそれだ。

昨晩寝る前も、今朝出掛ける前も、ずっとそのことを考えて緊張していたのを佳人は見ていた。

「冬彦の番だ」

遥に言われ、目を見開いて走者を追いかけていた佳人も「はい」と頷く。

手に汗握るとはまさにこのことだ。

冬彦たち二組は、一年生と二年生の間でのバトンタッチがコンマ何秒かもたつき、今三位で来ている。結果はともあれ、無事にバトンを繋いで走り切ってくれ、と心臓を打ち鳴らしながら見守った。

拳を握った手に知らず知らず爪を立てていた。

二年生から冬彦にバトンが渡る。

「やった！」

バトンタッチは完璧だ。

思わず声が出た。

隣で遥も拳に力を込めたのがわかった。

「速い、速い、冬彦くん」

陸上部じゃないにしては速いくらいです、としか言わないからどのくらいなのかわからなかったが、トラックを走る冬彦はフォームが綺麗で手脚が長く、他の父兄からもわあと歓声が上がっていた。

「あっ、一人抜いた！」

次の走者に繋ぐ直前で前を走っていた四組の三年生を抜き、観客がどよめいた。

次の一年生へのバトンタッチが最も緊張する場面だったが、その場の雰囲気も味方につけたかのごとく、勢いのまま冬彦から一年生へミスなく受け渡した。

「冬彦くん、よくやった！　ね、遥さん」

冬彦の出番が終わって、ようやくひと心地つき、遥を振り返る。

「ああ。いい走りだった」

「お疲れ様って今すぐ抱き締めてあげたいです」

「……そうだな」

遥はまるで冬彦にやきもちを焼いているかのように言い淀んだが、すぐに気を取り直した様子で、「最終走者にバトンが渡るぞ」と再びレースに意識を向ける。

「琢磨くん。がんばれ！」

佳人も再び拳を握って声を出す。

三年二組で一番足が速い琢磨の走りは、獲物を狙ってダッシュするチーターのようだった。

先頭を走る三組の生徒を、琢磨が猛然と追い掛ける。

パワフルな走りで、後ろからあんなふうに追走されたら、気迫負けして道を譲ってしまいそうなくらい、琢磨はすごかった。

リレーは一人百メートルずつで、スタートからゴールまで十二、三秒間の勝負だ。

一組も三組も最後は陸上部の生徒たちで、二組の琢磨は一組の生徒をまず捉え、抜き去った。

再び校庭がうわああっと歓声に包まれる。

「男子の部、一位、三組」

続けてコールがあった。

「二位、二組」

ゴール地点に来ていた他のメンバーたちが琢磨を取り囲む。

琢磨が冬彦と抱き合う姿が見て取れた。

「もう問題なさそうだな、あいつら」

遥の言葉に、佳人も大きく頷く。


体育祭は晴々しい盛り上がりを見せて無事閉会となった。

真理の父親の再就職先も決まり、黒澤家を取り巻く諸々はひとまず落ち着くところに落ち着いたとみてよさそうだった。

9

「もう霜降《そうこう》ですね」

ガード下に店を構えるおでん屋さんで貴史と落ち合ったのは、十月下旬だった。

体育祭の応援をした日からおよそ二十日経っており、貴史と会うのはひと月ぶりになる。

「ついこの前ニュースで、今日は寒露《かんろ》です、って言ってた気がするけど、もう霜降ですか」

「はい。ぼんやりしていたら、今年もすぐ終わってしまいそうですね」

狭い店内は会社帰りのサラリーマンと思しき男客を中心に賑わっている。

小さなテーブル席が二つ、あとはカウンター席だけの店だ。佳人と貴史は、隣と肩がぶつかりそうなほど窮屈なカウンターに並んで座り、生ビールのジョッキを「お疲れ様です」と合わせたところだった。

「この店、おでんが絶品らしいです」

「東原さんのお勧めなら間違いなさそうですね」

「なんでわかるんですか、佳人さん。東原さんのお勧めだって」

「えー、それはわかりますよ。店の雰囲気からして、こういうところ東原さん好きそうじゃないですか。意外と」

　こういう庶民派の、気さくにふらっと立ち寄って、飲みながら好きな具を一品ずつ取ってもらえる店は、遥も好きそうだ。店主が愛想のない無口な職人肌っぽい初老の男というのも、雰囲気に合っている。たまには高級フレンチやイタリアンで、ビシッと決めた格好で優雅な時間を過ごすのも悪くないが、どちらかと言えばしゃちほこばらない店のほうが佳人も落ち着く。気心の知れた友人と、ざっくばらんな話をしたいときなど、まさに打ってつけだ。

「うん、沁みてる。美味しい」

　先の細い箸で割った大根を口に入れ、親指を立ててみせる。

「よかったです。佳人さんは本当に美味しそうに食べるから、一緒に食事すると僕も食欲をそそられます。気持ちいい食べっぷりしますよね」

「作家ものの陶芸品を売買する仕事を始めてから、作るのも食べるのもおれなりに真剣味が増しましたね。おれのショップは主に普段使いの食器を取り扱うので、料理とは切っても切れない間柄で。この器には何を盛り付けたら映えるかなって、新作を見るたびに考える癖がついちゃって。あと、家に中学生がいたら、毎日食べることを考えるようになりますよ。一人だと適当にすませがちだけど、育ち盛りの子供にはちゃんとしたものを食べさせないとな、って」

「確かに」

　貴史は目を細めてにっこり笑い、ちくわにかぶりつく。

昼間は家庭裁判所に出廷していたとのことで、貴史はきっちりとしたスーツ姿だ。弁護士バッジは外しているが、本人の知的な印象と相俟って、黒い手提げ鞄や清潔感のあるおとなしめの髪型から堅い職業のエリート感を醸し出している。

このままどんな格式張った店にも行けそうだが、あえてガード下の年季の入ったおでん屋さんをチョイスするセンスが佳人は好きだ。東原にも通じる粋《いき》を感じる。

「東原さん、お変わりないですか」

「そうですね、僕との関係は相変わらずですが、それ以外だと、最近は上條《かみじょう》さんとよく会っているみたいですよ」

「上條……ああ、宗親《むねちか》さんですね。川口組《かわぐちぐみ》組長の息子の」

色白の典雅《てんが》な面立ちが脳裏に浮かぶ。皮肉っぽくて、自信満々で傲岸不遜な人物だ。たまたまかもしれないが、佳人が会うときは上下白のスーツだったり、派手目のシャツを着ていたりすることが多く、一見するとホストめいた印象が強い。けれど、向き合うとゾクッとするような威圧感があり、尋常でなく目つきが鋭く、建前は堅気《かたぎ》でも一般人とは一線を画した雰囲気を醸し出している。東日本最大の組織である川口組組長の血を引くだけのことはある。

そのいかにも曲者《くせもの》っぽい宗親が、川口組若頭の東原と頻繁に会っているとなると、何やらまた不穏な事が起きそうな予感がする。

「お二人の間には、もう遺恨はないんですか」

佳人は部外者なので詳しい事情は知らないが、二、三年ほど前までは敵対し合っていた仲で、貴史も煽りを受けていろいろ大変な目に遭ったようだ。佳人の茶道の師範である織《しき》先生も、宗親との関係から敵対者に拉致され、東原がその救出に手を貸したことから、宗親が態度を改めたようには聞いている。とはいえ、一癖も二癖もある者同士、接近すればしたでなんらかの化学反応が起きそうで、そうなんですか、ではすまされない怖さがある。

「遺恨、と言うほどのものは、もうないようですよ」

貴史自身も東原と宗親の関係に於いては佳人同様部外者で、東原が話す範囲でしか知らないし、必要以上に関わるつもりもないようだ。ただ、恋人のことなので、当然気にはなっているだろう。

「いまだに織さんを振り回してはいるようですが、宗親さんが入れ込んでいるのは傍目にも明らかですし、東原さんが織さんのために動いた一件でぐっと距離が縮んだのは間違いないですね」

「まぁ、おれが聞いた限りでは、貴史さんが先に動いちゃっていたから東原さんも動かざるを得なかったというのが正しいようにも思いますけど」

佳人は貴史がときどき危険を顧みずに動くのを心配し、揶揄を交じえてチクリと嗜《たしな》める。

「でも、目の前で知っている人が怪しげな連中に無理やり車に乗せられるところを見たら、きっと佳人さんもなんとかしなくちゃと思いますよ」

「いやいや。まずは警察に電話でしょう」

「すぐ動いてくれると思いますか？」

「うーん……まぁ、確かに、タクシー止めて、前の車追ってください！　ってやっちゃうかもしれませんね、おれも」

でしょう、と貴史に冷やかしを込めた眼差しをくれられ、そもそも自分もそこは似たり寄ったりの無鉄砲組だったと認めざるを得なくなる。

「だけど、あの二人が結託すると、それはそれで先々どうなるか不安が尽きなくないですか」

「不安はもちろんありますが、東原さんが抱えているものの大きさを考えたら、簡単に、それを捨てて別の生き方をしてくださいとは僕には言えないんですよ」

貴史は表情を引き締め、意を決した重みのある口調で言う。

「僕にできるのは、許される限り傍で見守ることだけなんです。そして、少しでも力になれたらと思っています」

「貴史さんが個人事務所を畳んで、白石弘毅先生のところに行くと決めたのも、いざというとき東原さんの支えになれるようにという気持ちからですか」

「それもあります」

貴史は肯定するところは躊躇わずに認め、また一回り成長を遂げたような器の大きさを、佳人に感じさせた。

これは、おれもうかうかしていられないな、と身が引き締まる心地で貴史の話を聞く。

「それを一番の理由にするのにやぶさかでないですが、弁護士としての在り方は僕の生き方そのものなので、やはり主体は自分にあったほうがいいと思っていて。もっと勉強して、経験を積み、白石先生が扱っていらっしゃるような案件を任せてもらえる弁護士になりたいんです。町の親しみやすい弁護士事務所もやり甲斐はありましたが、それが本当に一生やりたい仕事なのかと自問したとき、答えに詰まることに気がついたんですよね」

貴史の言葉は一言一句迷いがなくて力強く、聞いていて心に響いた。

かっこいい、と率直に感じ、胸が熱くなる。不安は少なからずあるだろうが、それ以上に今までやってきたことへの自負と、夢を実現させるためには努力を惜しまない覚悟でいることが察せられて、応援したくなる。自分もがんばろうという気持ちにもなった。

「先のことは誰にもわからない、もしかしたら後悔することになるかもしれませんが、やらないよりやったほうが僕は自分を納得させられそうなので、思い切りました。東原さんが生きる世界とも少し近づく気がしますしね。それも大きいです」

貴史は一巡して、佳人がした質問をほぼ肯定する形で話を収め、ふわりと顔を緩め、ジョッキを傾ける。

「貴史さんらしいです。あの東原さんと対等でいようとするなんて、実際なかなかできることじゃないですよ。そういう貴史さんだから、東原さんも参っちゃったんでしょうけど」

「僕はただ、いつも必死なだけですよ」

「必死かぁ。そこはおれも僭越《せんえつ》ながら一緒かな」

「だから僕たちこうして今も、ときどき会って、飲んで、腹を打ち明け合う関係でいられてるんじゃないですか」

ですね、と佳人も同意する。

「すみません、牛すじと玉子ください」

「僕は餅入り巾着とタコを」

「お酒はどうします？」

「いや、僕は明日も早いので、もうこれで。あとは烏龍茶にします」

貴史とは、お酒にあまり強くないところも同様で、この点でも気が合う。佳人も二杯目は軽めに酎ハイにした。逆に、東原と遥は、飲んでも飲んでも酔わないザル同士だ。あの二人も何かと似ているところがあって、付き合いが続いているのも頷ける。

「そういえば、体育祭では冬彦くん活躍したんでしょう。イジメの主犯格だった子とも、すっかり意気投合して、今はクラスで一番よく話すまでになったって、なんだか瓢簞《ひょうたん》から駒《こま》みたいな話ですね。いや、よかったです」

「おれもホッとしました。最終的には当人同士で解決して、その上で関係性が変わったのは最良の収まりどころだったんじゃないですかね。卒業したらどうなるかはわからないけど、残りの中学生活、悪い思い出をいい思い出で上書きできるといいなと」

「佳人さんたちの子育て、どんどん板に付いてきた感がありますね」

「だったらいいんですが。おれも遥さんも手探り状態ですよ。おかげで新鮮な気持ちになることがいろいろあって楽しいです。出会った頃の遥さんからは、とてもじゃないけど、シートを持って場所取りに行く姿なんか想像できなかったな」

「遥さんは感情を表に出さないほうだし、口数も少ないから、これからも意外な一面を見せてくれそうですね。特に冬彦くんが絡むと、その機会が増えそうです」

「でも、遥さんにおれがそれを密かに楽しみにしているなんて知られたら、たちまち不機嫌になりそうなんで、おくびにも出さないようにしてます」

「僕も言いませんから、安心してください」

貴史と目を合わせて共犯者の笑みを洩らす。

おでんの具を好きなだけ選んで食べたあとは、〆にうどんを頼んだ。

「今日も楽しかったです」

「こちらこそ、付き合ってもらって、ありがとうございました」

「東原さんによろしく言っておいてください。美味しかったです、って。次は冬彦くんも誘って三人で食べに来ようかな」

店を出て、ガード沿いにずらりと飲食店が並ぶ狭い通りを、最寄りの駅に向かって歩く。

「最近はやっぱり、遥さんと二人だけで出掛ける機会はあまりないんですか」

「そうですねぇ、三人で、ってまず考えますね。冬彦くんには、僕のことは気にせず、たまにはお二人でどうぞ、みたいに気を遣われたりもするんですけど。冬彦くんが嫌でないなら三人で行こうよ、ってなります」

「今夜のように、佳人さんが出掛けるときは、遥さんが早く帰るとかにしているんですか」

「なるべくそうするようにしてますけど、今夜は遥さん仕事でまだ帰宅してないはずです。冬彦くん自身は一人でも問題ないと言いますね。元々、店をやっているお祖父さんと二人暮らしだったので家事全般できるし、一人で過ごすのも苦じゃないみたいで。むしろ、たまには一人になりたいときがあるのかなって。そのへんは臨機応変に様子を見て、構ったり構わなかったりというふうにしてます」

「確かに、ときには一人になりたいこと、ありましたね、中高の頃。冬彦くんは特にしっかりしているから、あんまり心配する必要なさそうです」

「なんというか、むしろ、冬彦くんに気を回させてるようなんですよね。二人の時間もっと持たなくていいんですか、たまには二人でデートしてきたらどうですか、って……」

「言われるんですか？」

貴史が軽く目を見開いて聞いてくる。

佳人は面映《おもは》ゆくなって睫毛《まつげ》を瞬かせた。

「言われたり、眼差しがそう言っているようだったり」

「お二人のよき理解者なんですね、冬彦くん」

「照れくさいけど、ありがたいなぁと思ってます。考え方が大人っぽいんですよね。でも、実際はまだ十四歳の子供だから、おれたちそこは踏まえてないといけないなって遥さんとも言っています。あ、冬彦くん、来月誕生日を迎えて十五になるんですよ」

「じゃあお祝いしないとですね」

「プレゼント何にするか悩んでます」

「自転車とかは？」

「それも考えたんですが……」

佳人が躊躇う口調になると、貴史はすぐに察したようだった。

「小火騒ぎを思い出させちゃいますかね。被害に遭った自転車、その後どうなったんですか」

「サドルを交換して使っています。幸いフレームは無事だったので、見た目は以前と変わらないです。冬彦くんもホッとしてました」

きっと、真理が気に掛けていたのを知ってのことだろう。

「ゲームソフトとかなら、遥さんと一緒にやれたりするから、それもいいかなと、今いろいろ検討しているところです。おれはゲーム苦手なんでやらないですけどね」

話すうちに駅の改札が見えてきた。

コンコースは、待ち合わせしている人や、解散前に名残惜しそうに喋っている人々、脇目も振らずに行き来する乗降客などで混雑していた。

その中にぱっと人目を引く男性を認め、佳人は「あれ」と思わず口走っていた。

「どうしました？」

「今、改札から出てきたの、千羽さんじゃないかと思って」

ほら、あそこです、と佳人が指で指し示すと、そちらを見た貴史が即肯定する。

「本当だ。千羽さんですね」

「お住まい、この辺りなんですか」

「いいえ。違いますね」

じゃあ今から待ち合わせかな、とジャケットをスタイリッシュに着こなした背中を目で追いかける。まだまだ謎めいたところの多い千羽のプライベートには、正直、興味が尽きない。我ながら俗っぽいと思うが、好奇心が勝ってスルーできなかった。

「一度自宅に帰って出直したようですよ。今日事務所で着ていたスーツと服装が違いますから。今日は僕より先に定時で上がりましたし」

時計を見ると、そろそろ午後八時半になろうとしているところだ。

「今からどこに行くんでしょうね」

「わかりませんが、一人でぶらっとしにきた感じではなさそうです」

貴史にはなんとなく千羽がこの時間から会いそうな人物に心当たりがあるのか、佳人ほど不思議がっている様子は見受けられない。

千羽は中央改札前の広場を迷いのない足取りでスタスタと歩き、エスカレータと階段が併設された地下通路への出入り口付近に向かう。

「あれっ、山岡《やまおか》社長だ」

千羽の行く先に視線を送った佳人は、再び声を発していた。

まさかの組み合わせに一瞬ポカンとしてしまう。

山岡物産三代目社長の山岡正俊《まさとし》は、佳人にとっては遥の知り合いという認識の人物だ。野性味のある精悍な男前と、長身で鍛え抜いた体つきをしたアグレッシブな御曹司で、佳人は出会い頭にナンパされたのだった。そのため、その場で遥と火花を散らす睨み合いになり、あまりに剣呑《けんのん》な雰囲気に通行人たちがそそくさと足を速めていた。佳人の一件がなくとも、元々二人は仲がいいのか悪いのか微妙な関係だったようだが、最近は遥のほうが諦めて山岡を受け入れてきた感がある。山岡は、そういう癖のある男だ。

「そうか、山岡社長かー。そういえば、前にも一度、隠れ家風のイタリア料理店でバッタリ鉢合わせしたことがあったな。あの二人、もしかして付き合ってるのか」

そのときは、そこまで親密そうな雰囲気は感じなかったので、どういう関係なんだろう、どこで知り合ったんだろうと訝しく思った。千羽がナンパされてホイホイついてくるとは思えず、二人が一緒にいる経緯がまったく想像できなかったのだ。

今日また千羽の待ち合わせ相手が山岡と知って、意外さがますます膨らんだ。

イタリア料理店では、山岡は例によって熱心に口説いているようだったが、千羽のほうはツンとしてそっけなくあしらっており、脈がありそうには見えなかった。失礼ながら、とうに振られたかと思いきや、まだ続いていたとは。

そこまで考えて、不意に、そうかと思い当たる。先月事務所で千羽がちらと言っていた諦めの悪い相手というのは、山岡のことだったのか。遅ればせながら合点《がてん》がいった。

「付き合っていると言っていいかどうかは千羽さん次第のようですが、こうして見ると、悪くない雰囲気じゃないですか」

傍で貴史の落ち着いた声を聞き、佳人はハッとして我に返った。

「貴史さん、知っていたんですか、千羽さんの相手」

「今年に入って少しした頃かな。山岡さんが事務所に訪ねてこられて。千羽さんと連絡が取れなくて、心配されたようです。千羽さん、風邪で欠勤されてたんですよ。僕はそれで二人のことを知りました。そのときは、果たして付き合っていたのか、友達止まりだったのかはわからなかったんですが、山岡さんのほうは真剣だというのは疑うべくもなかったですね」

「なんかすごい奇遇ですけど、山岡さんって遥さんの知り合いなんですよ」

「ええ。千羽さんから、イタリア料理店でお二人と偶然会ったと聞いて、僕はそのとき山岡さんと遥さんたちが知り合いだとわかってびっくりしました。あ、すみません、言う機会がなくて今まで話してなかったんですが」

「いや、それは全然いいというか、おれも千羽さんの同行者が誰かなんてことには触れなかったと思うので、そこはお互い様ですけど。世間の狭さに驚きました」

「本当ですね。山岡さんが千羽さんを知ったのは、僕の留守中に事務所に立ち寄られた際みたいです」

「じゃあ、貴史さんと山岡さんはそれ以前からお知り合いだったたってことですか。全然知りませんでした！」

「……まぁ、言うほどの知り合いでもなかったので」

貴史はちょっとバツが悪そうな顔をする。

もしかすると、貴史もまた、佳人同様、最初のきっかけは山岡からのナンパだったのかもしれない。それが万一、東原の耳に入るようなことにでもなれば、遥との睨み合い程度ではすまないだろう。ここはあえて突っ込まないことにする。

「なんのかんの言っても、千羽さんもまんざらでもなさそうですね」

山岡と落ち合うなり、迷惑そうな顔をしてみせて、何やら文句を言っている様子だったが、髪を掻き上げるしぐさに照れが混ざっているのが遠目にも窺えた。

「山岡さんももう慣れてる感じですね。苦笑いしてましたし」

貴史もにっこりして言う。

やがて、こちらに背を向けて遠ざかっていく山岡と千羽を、佳人はほっこりした気持ちで見送る。いい関係だと感じる人の姿は、見ているほうの気分も上げてくれる。それが知り合いならなおさらだ。

プルル、と貴史の携帯電話が鳴りだした。

「あ、ちょっとすみません」

佳人に断りを入れ、貴史は少し離れた場所で通話ボタンを押す。

東原からかな、と貴史の表情を見て佳人は推察した。東原からの電話を受けるときの貴史は、表情がほんのり和らぎ、気恥ずかしげに目を伏せがちにすることが多い。ところどころ聞こえた会話の端々から、これから会う約束をしている様子だったので、間違いなさそうだ。

「佳人さん」

電話を切った貴史が恐縮した面持ちで戻ってくる。

「東原さんでしょう。これから会うことになりました？」

「はい。三十分後にこの近くで拾ってもらうことになりました」

「じゃあ、おれは電車で帰りますね。帰り着く頃にはたぶん遥さんも帰ってきているくらいだと思うので、ちょうどいい感じです」

そう言った矢先、今度は佳人の携帯電話に着信があった。

「噂をすれば影です」

佳人は目を瞠り、「もしもし」と応答した。

『今どこだ』

遥の声が耳朶を打つ。

それだけで佳人は胸がドキドキしてくる。

『さっき冬彦に電話したら、勉強しているから俺が帰ってきても構えない、と振られた』

「えっ。……じゃあ、軽く飲みにでも行きます？　おれも今ちょうど貴史さんと別れようとしていたところです」

『ああ。そうするか。たまには、いいだろう』

今度は貴史がニヤリとする番だった。

「遥さんとどこで待ち合わせですか」

通話を終えるなり聞かれる。

「電車で、品川《しながわ》までお互い出ることになりました」

「では、ここで。また近いうちに会いましょう、佳人さん。遥さんによろしく」

「おれからも、東原さんによろしくです」

今夜の締め括りは、図らずも、それぞれ恋人同士で過ごす形になった。

夏の終わりからこっち様々な出来事があったが、それこそ平穏を取り戻したことを実感する、爽秋《そうしゅう》の夜だった。

あとがき

情熱シリーズ十七冊目になりますす本著をお手に取ってくださいまして、ありがとうございます。自分でも本当に長く書き繋いできたなぁと、あらためて感慨深い気持ちになっています。

一人と一人だった遥と佳人が出会って、縁あって一緒に暮らすようになり、周囲も認める恋人同士になって、いろいろな出来事や事件に遭遇し、それを乗り越えて今の形に至った。物語が始まったときから一巻ごとに変化を重ねてきて、今は冬彦くんという新たな家族も増えました。

生きていると変わっていくことが当然あって、これからも登場人物それぞれになんらかの変化が起きると思います。できれば、それを書けるところまで書いてみたいし、読者様にも見届けていただけたら嬉しいです。

本作は冬彦くんに焦点を当てた巻になりました。

自分が中学生だった頃を思い出しながら執筆しましたが、なにしろ、あまりにも昔すぎて、今とは違う部分も多々あるだろうなと、迷ったらネットで検索しながら書く感じでした。ここ十年くらいは月日が経つのがあっという間で、五年前のことが一年前くらいの出来事に思えるほど印象に残っていることが少なくなってきているのですが、中学とか高校の頃の時間は本当に濃密でした。今でもいっぱい思い出せます。一日一日、授業の一コマ一コマがとても長かった。そんなことを振り返りつつ、今まさに冬彦くんはこの真っ只中にいるんだなと思い、懐かしいような羨ましいような気持ちでした。

冬彦くんはじきに高校生になりますが、以前からの友人である牟田口くん同様に、今回登場した彼とも今後いい関係性を築いていくのではないかと想像しております。

貴史さんが個人事務所を畳んで白石弘毅先生の許に戻る日も近づいてきており、それについていく千羽さんのプライベートもちょっとずつ明らかになってきました。東原さん関連では、宗親さんの動向が今後に影響を及ぼしそうです。この先どんな展開になるのか、私も楽しみでなりません。

イラストは円陣闇丸先生にお引き受けいただきました。思えばもう二十年以上このシリーズにお付き合いいただいており、感謝に絶えません。今回も素敵なイラストの数々を描いていただき本当にありがとうございます。

本著の刊行に際し、ご尽力くださいました制作スタッフの皆様にも深くお礼申し上げます。

そして、なにより、ここまでお付き合いくださいました読者様。私が書き続けていられるのは読んでくださる方々、応援してくださる方々のおかげです。ありがとうございます。

それでは、また次の本でお会いできれば幸いです。

遠野春日拝

◆初出一覧◆

情熱の連理　　　　　　　　／書き下ろし

ビーボーイノベルズをお買い上げいただきありがとうございます。
この本を読んでのご意見・ご感想をお待ちしております。

〒162-0825 東京都新宿区神楽坂6-46
ローベル神楽坂ビル4F
株式会社リブレ内 編集部

アンケート受付中
リブレ公式サイト　https://libre-inc.co.jp
TOPページの「アンケート」からお入りください。

BBN B-BOY NOVELS

情熱の連理

2023年4月20日 第1刷発行

著者——遠野春日
©Haruhi Tono 2023

発行者——太田歳子

発行所——株式会社リブレ
〒162-0825
東京都新宿区神楽坂6-46ローベル神楽坂ビル
営業 電話03(3235)7405 FAX 03(3235)0342
編集 電話03(3235)0317

印刷所——株式会社光邦

ISBN978-4-7997-6190-8